요리하는 도시농부

자연주의 푸드 스타일리스트의
감칠맛 나는 초록 텃밭 일상

요리하는 도시농부

박선홍 지음

나무의철학

차
례

농사일 한 번 안 해본 젊은 도시 처자가 꾸준히 텃밭을 일굴 확률은 얼마나 될까. 무작정 채소를 키워보겠다고 겁 없이 텃밭을 시작할 수 있었던 건 스스로를 믿었기 때문이다. 한번 시작하면 절대로 중도에 포기하지 않을 내 자신을 믿었다.

텃밭을 시작하며 가장 먼저 마음먹은 일은 채소일지를 쓰겠다고 결심한 일이다. 다음 해엔 분명 도움이 될 것이라는 생각으로 채소가 자라나는 과정을 블로그에 남기기 시작했다. 그 과정에서 텃밭을 사랑하는 많은 분들을 만나게 되었다. 채소와 텃밭이라는 공통점 아래, 따뜻한 정을 나누며 때로는 선생님이 되고 학생이 되어 서로에게 도움을 줄 수 있었다.

시간이 지나며 두 곳의 텃밭을 일구게 되었고 키우는 작물도 두 배로 늘어났다. 덩달아 일주일에 한 번씩 포스팅하던 일지도 두 번, 세 번으로 그 횟수가 늘었다. 그러더니 실수투성이 일들도 두 배, 아니 세 배 기하급수적으로 생겨났고 듣는 이를 웃게 하고 울게 하는 에피소드가 모이기 시작했다. 점점 나의 텃밭 일상을 많은 분들과 나누고 싶다는 마음이 들었다.

도시농부들이 모여 직접 기른 작물을 판매하는 농부 시장 '마르쉐@'에 참여하기도 했다. 마르쉐@에선 도시농부 외에도 요리사와 수공예가가 모여 그달의 기획 주제에 맞는 요리와 수공예품을 준비한다. 비록 매번 적자로 돌아왔지만 돈을 벌기 위한 목적이 아니었기에 개의치 않았다. 건강한 먹거리라는 같은 관심사를 가진 사람들과 나누는 감칠맛 나는 행복을 느끼고 싶었다. 서로 직접 재배한 채소를 나누며 활기찬 시장의 풍경 속 한편에 자리하는 일은 언제나 내게 짜릿함을 선사해준다.

텃밭의 시작은 넷째 언니와 나였지만, 지금 가장 애정으로 밭을 가꾸는 사람은 남동생이다. 또 도움을 요청하면 바로 달려오는 착한 조카들도 있다. 바쁜 일상을 핑계 삼아 한 동네에 살면서도 데면데면했을 때도 있었지만, 이제는 텃밭을 통해 얼굴을 맞대고 마음을 나눌 수 있다. 텃밭은 지금의 나로 자라도록 이끌어주었고, 우리 가족을 끈끈하게 이어주는 울타리가 되어주고 있다.

가족의 사랑을 씨앗 삼아 텃밭을 일구다 보니 드디어 나의 일상을 많은 분들과 나눌 수 있는 기회도 왔다. 진정으로 좋아하는 일을 시작하며 생긴 나만의 꿈. 박선홍, 내 이름 석자가 새겨진 에세이를 내고 싶던 꿈은 '요리하는 도시농부의 소소한 텃밭 일상'을 담은 이 책으로 이루어졌다.

원고를 쓰는 동안에도 평범한 나의 일상 속에선 웃는 날도 있었고 여전히 홀로 우는 날도 있었다. 그렇지만 웃음으로 가득한 시간들이 더 많았다고 하겠다. 왜 다들 이런 문장을 쓸까 했는데 막상 써보니 마음에서 우러나온 문장이라는 걸, 그런 게 인생이라는 걸 이제는 안다.

한 자 한 자 원고를 쓰며 그동안 살면서 감사했던 일들, 고마웠던 사람들을 떠올려보니 감사하게도 떠오르는 얼굴들이 많았다. 그래서 요즘은 잠들기 전 하루를 되돌아보며 감사한 일들을 떠올리며 마무리한다. 이 지면을 빌어 고마운 분들께 감사를 전하고 싶다.

우선 미흡한 나를 믿고 출판의 기회를 주신 토네이도 출판사에 감사를 전하고 싶다. 첫 만남부터 편안하게 내 안의 이야기를 이끌어주신 임나리 팀장님, 끝까지 함께하지 못해 아쉽지만 언젠가 기회가 온다면 꼭 함께하면 좋겠습니다. 클래스가 많은 달에 원고 수정하느라 마음이 갈팡질팡할 때 기준을 잡아준 편집자 은영 씨. 끝까지 잘 이끌어주어서 정말 감사합니다.

변함없이 내 곁을 지켜주는 사람들, 내 일을 함께 기뻐하고 격려해준 친구들 모두 감사합니다. 힘들다며 울먹이는 나를 다

독이며 가만히 귀 기울여 들어주고 힘을 실어준 연구소 동기 송이, 나도 언제나 네게 힘이 되어줄게. 고맙습니다.

누구보다 가족에게 고마움을 전한다. 육 남매가 아니었다면 나는 이 글을 쓸 엄두를 낼 수 없었으리라 장담한다. 이 모든 이야기는 가족에게서 시작됐기 때문이다. 마지막으로, 농부님들 진심으로 감사합니다. 나의 작은 텃밭을 통해 밥상의 식재료들이 얼마나 수고로이 올라왔는지 조금이나마 알게 되었다.

그저 요리가 좋아 품었던 푸드 스타일리스트라는 꿈. 그 꿈은 직접 키운 채소로 요리하고 싶다는 새로운 꿈을 꾸게 했고, 더 건강한 먹거리를 갈망하게 했다. 지금 나는 평일엔 푸드 스타일리스트이자 천연 발효빵 클래스와 매크로바이오틱 요리 클래스 강사로, 주말엔 '요리하는 도시농부'라는 이름으로 작은 텃밭 두 곳을 가꾸며 살고 있다.

30대 중반이 된 나에게 자연은 너그러운 인생을 사는 방법을 소곤소곤 알려준다. 남들보다 늦게 출발선에 섰다는 마음에 버거웠던 감정을 치유해주고 더 넓은 마음을 키우는 법을 가르쳐주었다. 그리고 요리와 텃밭을 통해 마음을 나누는 방법을 알려주었다. 이런 인생 선생님이자 좋은 친구 같은 자연의 이야기를 모두와 나누고 싶었다.

아직 모르는 게 많은 서울촌 농부이고 앞으로 배워야 할 것들이 많다. 부족한 지식이지만 처음 텃밭을 가꾸시는 분께는 분명 조금이나마 도움이 될 것이다. 이 책의 차례는 사계절 수확철을 기준으로 구성했다. 본문은 6년간 채소와 함께했던 텃밭 일상과 나름의 재배 노하우로 채웠다. 또 갓 딴 채소를 이용해 만드는 요리의 기쁨을 빼놓을 수 없기에 몸에 좋고 건강한 몇 가지 레시피를 담았다. 그중에는 유기농 건강식법인 매크로바이오틱 레시피도 있다. 덧붙여 초보 도시농부의 울고 웃는 에피소드도 함께한다.

　이 책을 읽는 모든 분들이 푸른 자연의 풍성함과 따뜻함을 느끼셨으면 좋겠다. 작게는 창가 혹은 책상에 화분을 올려놓는 것부터 시작해도 좋겠다. 자연의 넓은 마음을 마주할 때 비로소 작은 우리의 마음도 넓어진다. 인생이 팍팍했던 날, 흙을 덮으며 자연에게 위로받았던 나의 이야기를 통해 여러분도 다시 시작할 수 있는 따스한 힘을 얻으시길 진심으로 바란다.

2016년 가을,
박선홍

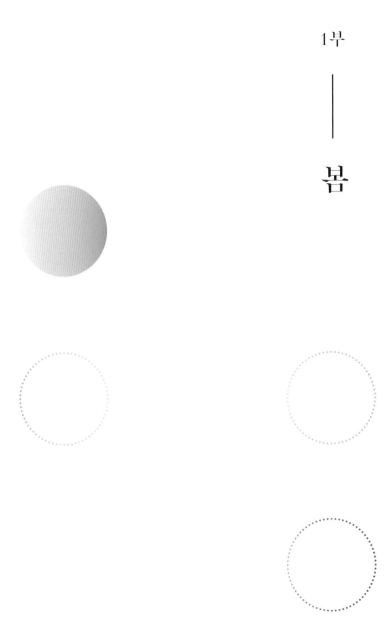

1부

—

봄

자연에 물들다

이 모든 시작이
정말 우연이었을까.

채소를 키우기 시작한 지난 6년의 시간은 내 인생이 마치 정해진 길을 걸어가는 것 같았다. 심지어 매우 이상하리만치 삶 속에 자연스레 녹아 있어 가끔은 꿈결인 듯 생각될 때도 있었다. 가까운 주변 사람들은 물론 스스로도 매우 도시적인 생활을 하는 사람이라 생각했다. 그런 내 안 어딘가에서 본능적으로 자연의 끌림을 받아들일 준비를 하고 있었구나 하는 생각도 해보게 된다.

20대에는 살림하며 아이를 키우는 전업주부의 모습을 꿈꿨다. 상당히 고지식한 면을 가지고 있는 나로서 그 한 가지 삶이 유일한 행복의 종착지라고 생각했다. 어릴 적부터 손재주가

좋은 편이었지만 그렇다고 딱히 하고 싶은 일이 없었던 나는 남들이 하듯 전공을 살려 식품연구소에 취직했다. 그렇게 첫 사회생활에 적응하던 차에 태어나 처음으로 내 안에 꽁꽁 숨어 있던 열정을 발견했다. 당시엔 생소했던 푸드 스타일리스트라는 직업. 스스로를 창조적으로 만들어주는 이 일은 자꾸만 나를 끌어당겼다.

　　푸드 스타일리스트는 보기에만 좋은 음식을 만드는 사람이 아니었다. 먼저 제대로 된 맛을 낼 줄 알아야 오감이 만족하는 음식이 나올 수 있었다. 요리 실력이 부족했던 나는 끊임없이 배움의 길을 찾았다. 뛰어난 실력을 지닌 셰프 스스무 요나구니 선생님을 만나 다양한 식재료와 세계 요리를 체계적으로 배웠다. 요리의 역사, 문화에 대한 해박한 지식을 갖고 계신 선생님을 만나면 만날수록 요리란 기술과 깊이가 함께 담겨야 한다는 것이 각인되었다. 이 결심은 요리를 넘어 나의 일상에도 퍼졌다. 당시에는 시집, 수필 위주의 편식 독서를 했는데 다양한 역사와 요리 서적을 찾아서 읽기 시작했고 차츰 맛있으면서도 건강한 요리에 관심을 갖게 되었다. 그렇게 알게 된 것이 매크로바이오틱이었고 한국 최초로 매크로바이오틱을 들여오신 이양지 선생님의 수업을 듣게 되었다. 허브와 채소, 생선, 고기라는 다양한 식재료의 사용법을 넘어 더 건강하고 맛있는 요리의 세계를 만나게 된 것이다. 곧이어 얼마 지나지 않아 버터와 계란을 넣지 않고 천연 효모 만으로 만드는 천연 발효빵의 세계에까지 빠져들었다.

그러던 어느 날 우연히 백화점에서 모집하는 주말농장 공고를 보게 되었다. 막상 관심은 갔지만 차마 혼자 할 엄두가 나지 않아 나처럼 요리하고 새로운 것을 배우기 좋아하는 넷째 언니를 끌어들였다. 그렇게 자매가 의기투합하여 내 생애 첫 텃밭, 직접 키운 채소로 요리하고 싶다는 꿈을 실현시킬 기회를 잡게 되었다.

《갈매기의 꿈》 작가 리처드 바크는 "우리가 무엇인가를 하고 싶다는 것은 우리에게 그 일을 할 능력이 있는 뜻이다"라고 말했다. 직접 키운 채소로 요리하고 싶다는 마음 하나로 시작한 텃밭은 그 소박한 바람을 뛰어넘어 내게 새로운 세상을 보여주었다. 힘겹고 허탈했고, 조급한 마음에 기진맥진해하던 나를 다시 일으켜 세워주었다. 일주일 중 하루의 방문이지만 일하며 텃밭을 가꾸기란 생각만큼 쉽지 않았다. 그런데도 지금의 내가 있을 수 있는 건 자연 속에서 삶의 의지를 되찾은 스스로를 경험했기 때문이다. 아픈 마음을 끌어안아주고 보듬어준 그 시간을 지나 더욱 견고하게 단단해진 나, 긍정의 기운을 가득 품은 나로 거듭날 수 있었다.

스스로 자라는 상추

쑥쑥 잘 크는
채소를 꼽으라면 단연코 쌈채소.

그중에서도 상추를 추천한다. 요즘은 동네 마트에만 가도 청치마상추, 적축면상추, 오크 상추, 로메인 상추, 생채 등 다양한 종류의 상추가 줄지어 있다. 내가 텃밭을 시작한 6년 전에는 백화점에나 가야 볼 수 있던 풍경이다. 텃밭을 시작하고 종묘상에 기웃거리면서 시중에 판매되는 상추와는 비교도 안 될 정도의 무궁무진한 종류가 있다는 사실을 알게 되었다. 고기 먹을 때 빼곤 쳐다보지도 않던 상추였지만 종류에 따라 생김새는 물론 맛도 다르다는 말이 신기해 다양한 모종을 심었다. 하나만 더, 하나만 더 키우자 하는 마음으로 심다 보니 어느새 텃밭은 상추밭이 되어버렸다. 이 풍성한 상추밭이 텃밭을 일구던 첫해의 첫 번째 실수였다.

내가 한 행동은 경험 없는 초보농부가 흔히 하는 실수였다. 밭을 일굴 때는 한 종류의 채소만 키울 생각이 아니라면 각 채소의 모종 시기를 염두에 두어야 한다. 보통 초보농부는 많이 심을수록 좋다고 생각하고 키우기 쉬운 쌈채소를 잔뜩 심는다. 문제는 쌈채소가 자라는 속도가 생각보다 엄청나게 빠르다는 점이다. 그러면 시기마다 알맞은 다른 작물을 키울 공간이 부족하게 되고 매번 수확해야 하는 많은 양의 쌈채소를 주체할 수 없게 된다. 나는 일주일에 한 번 수확했는데 그 다음 주에 가보면 빼꼼히 고개를 내민 상추들이 지천이었다. 쭈그려 앉아 상추를 따는 것도 보통 큰일이 아니었다. 내 딴엔 다양한 상추를 맛보고 싶어 10평 남짓한 작은 텃밭에 가득 심었더니 대가족임에도 불구하고 일주일을 충분히 먹고도 남는 양이라 주변에 나누어 주기 바빴다. 물론 지금은 첫해보다 키우는 상추의 양을 줄였지만 여전히 나는 우리 가족이 먹을 양보다 조금 더 넉넉히 정식하고 있다. 맛있게 먹어주는 사람들에게 받는 뿌듯함, 나눔의 참맛을 알아버렸기 때문이다.

상추는 봄부터 키워 본격적인 장마가 시작되기 전까지 수확하고, 선선한 가을이 오면 다시 심어 쌀쌀한 날씨에 냉해를 입기 전까지 수확할 수 있다. 씨앗이 아닌 모종으로 시작한다면 정

식 후 7~14일이면 수확이 가능하다.

　알아서 잘 자라고, 수확 기간도 긴 상추는 재배의 재미를 쉽게 붙이도록 도와주는 좋은 채소다. 하지만 동시에 인내심과 체력을 키워주는 채소이기도 하다. 상추 옆에 붙박이처럼 붙어 쪼그리고 앉아 한 잎 한 잎 정성스럽게 따야 해 버티는 힘이 필요하다. 나도 모르게 허리에 힘이 팍팍 들어가고 중간에 한 번씩 일어났다 앉기를 여러 번 반복하게 된다. 하지만 아무리 힘들어도 텃밭 한 구석에 쌓인 상추 더미를 보면 입꼬리가 살포시 올라간다.

　그런 나의 모습이 답답했는지 어느 날인가 텃밭을 지나가시던 농장 아저씨가 상추 한 포기를 한 번에 수확할 수 있는 방법을 직접 시범까지 보이시며 자세히 알려주셨다. 아저씨의 모습에 연신 감탄하며 따라했는데 문제는 따낸 상추의 그 자태가 영 마음에 들지 않았다. 그래서 몇 번의 시도를 끝으로 모양이 흐트러지지 않는 나의 기존 방식을 고수하고 있다. 여전히 한 장씩 수확하고 있다는 소리다.

　보기 좋은 떡이 먹기도 좋다는 속담처럼, 나는 짚으로 엮은 둥근 바구니에 갓 따낸 상추를 차곡차곡 예쁘게 쌓는다. 자연의 맛을 고스란히 담은 박선홍표 유기농 상추이니 맛은 무조건 보장이다. 바구니에 한가득 담아 사진을 찍어 채소일지에 남기면 시간이 지난 후에 보아도 마냥 기분이 좋고 살뜰히 담아 선물할 때의 흐뭇함이란 이루 다 말할 수 없다. 상추를 따는 내 모습을 누가 보면 미련스럽다 할지 모르지만 이런 사람이 나다. 순간순간의 행복을 고스란히 느낄 수 있다면 가끔은 이렇게 미련스럽게 살아도 좋지 않을까.

몇 년간 쌈채소를 키워보니 오래도록 보관하는 노하우를 터득하게 되었다. 직접 키운 상추는 그냥 보관해도 마트에서 구입한 것보다 싱싱함이 훨씬 오래가지만 더 오래 보관할 수 있는 방법이 있다. 우선 상추를 흐르는 물에 여러 번 씻어 물기를 살짝만 털어내고 한 번에 먹을 양만큼 나누어 봉지에 담아 밀봉해두자. 잎 표면에 수분이 있어 물러질 것 같지만 씻지 않고 보관하는 방법보다 싱싱함이 오래가고, 식탁에 올리기 전 여러 번 씻을 필요 없이 한 번만 살짝 씻어내면 바로 먹을 수 있다.

여기서 소개할 요리는 매크로바이오틱 샌드위치다. 내가 매크로바이오틱 요리에 관심을 둔 건 이왕이면 맛있으면서 건강한 요리를 먹고 싶다는 단순한 생각에서 시작되었다. 매크로바이오틱은 일본에서 시작해 동양의 자연 사상과 음양의 원리에 뿌리를 두고 있는 건강식법이다. 유기농 제철 작물과 채식에 중점을 두고 뿌리부터 껍질을 최대한 활용해 먹는다. 불을 이용하지만 영양분 손실을 최소화하면서 식재료 본연의 맛을 살리는 데 중점을 두고 있다. 덕분에 무농약으로 키운 갓 수확한 채소가 지닌 맛과 향을 최대한 살려 요리할 수 있다.

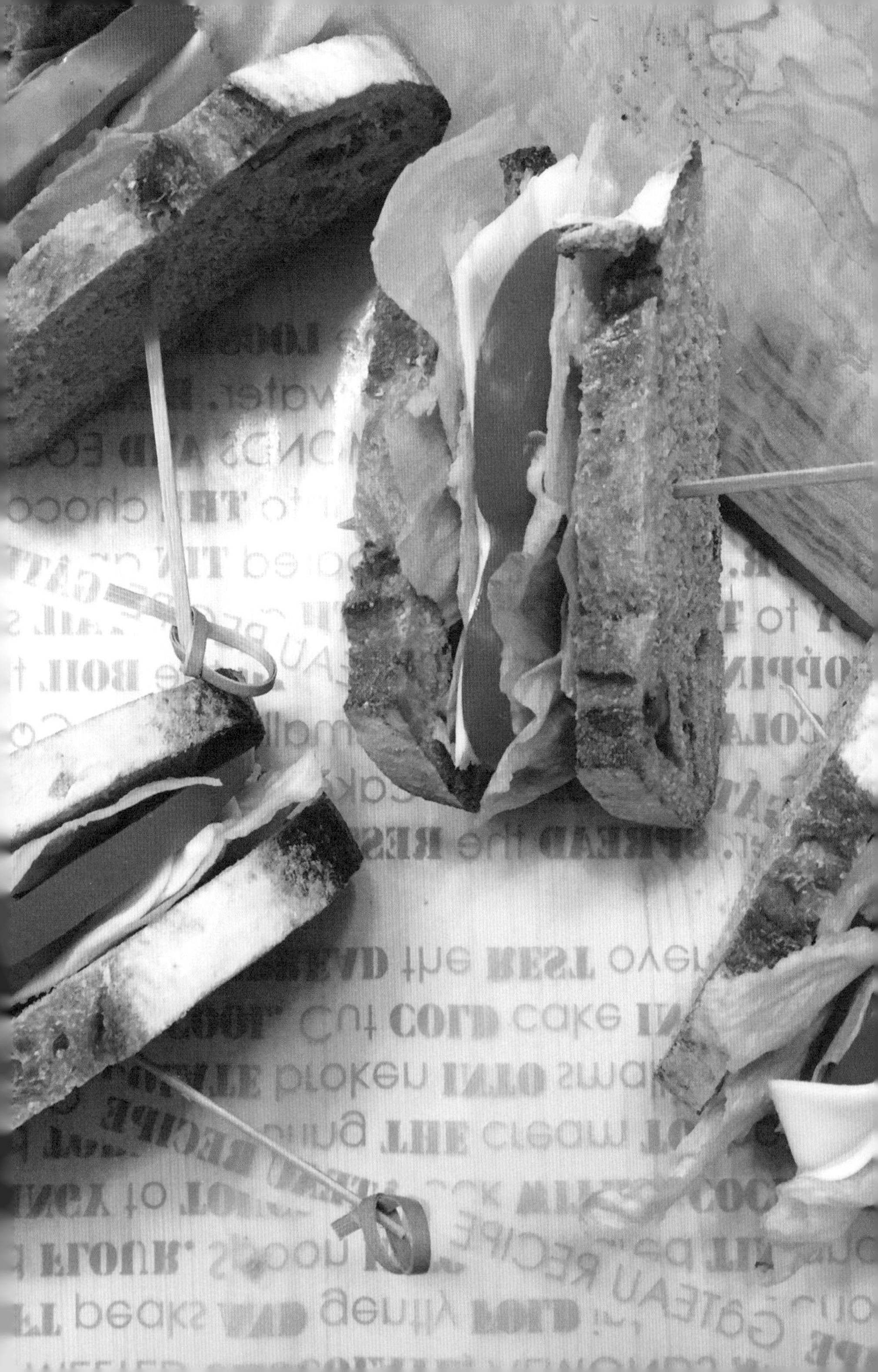

매크로바이오틱 샌드위치

천연 발효 통밀빵 또는 일반 통밀빵 6조각
상추 또는 다양한 쌈채소
토마토 1개
디종 머스터드 약간
두부 1모
호두 1/2컵
양파 1/4개
올리브오일 1/3컵
조청 2T
식초 2T
머스터드 1t
소금 약간

1 두부에 거즈를 덮어 무게가 있는 것을 올리고 1시간 이상 두어서 물기를 뺀다.

2 호두는 오븐에서 170도로 15분간 구워 고소함을 더해준다.

3 1의 두부와 2의 호두, 나머지 재료를 모두 섞어 곱게 갈아 소스를 준비한다.

4 토마토는 굵게 슬라이스한 후 씨를 빼고 물기를 뺀다.

5 통밀빵 한쪽 면에 머스터드를 바르고 3의 소스를 바른다. 그다음 토마토, 상추를 올리고 통밀빵으로 덮어 꼬치로 고정한다.

──────── 매크로바이오틱은 생선회와 고기류를 최대한 자제한다. 햄 대신 두부를 이용해 단백질을 보충하고 싱싱한 제철 채소를 이용해 만든 건강 식이다.

당근, 어찌 사랑하지 않으리오

안경 쓴 친구들이 어찌나 멋져보였던지, 어린 마음에 나도 너무나 쓰고 싶어 했고 결국 안경을 쓰기 시작했다. 그러다 한참 외모에 관심을 갖기 시작한 사춘기 중학생이 되자 안경 쓴 내 모습이 영 마음에 들지 않았다. 당근을 먹고 시력이 좋아졌다는 친구의 말을 듣고 그때부터 맹목적인 당근 사랑이 시작되었다.

　당근을 좋아하게 된 계기는 꽤 단순했다. 물론 이제는 바라는 것 없이 당근이 무조건 좋다. 당근 특유의 향과 아삭아삭 씹히는 그 식감이 좋다. 아삭한 식감을 떠올리면 자연스레 입안에 침이 고인다. 텃밭을 시작하던 첫해, 이렇게 자그마한 텃밭에서 당근을 키울 수 있다는 것이 어찌나 반갑던지. 학창 시절 시작된 당근 사랑이 직접 키우는 날로 이어져 감회가 새로웠다.

당근 씨앗은 모양부터가 당근스럽다. 얇고 길쭉한 모양이 그러하다. 자신을 어찌나 잘 드러내는지 색상에 따라 씨앗이 풍기는 향도 다르다. 또 수확한 당근은 특유의 색상에 따라 단맛의 정도도 다르다. 일반적인 주황당근을 제외하고 노란당근, 검정당근, 흰색당근, 자색당근, 빨간당근 등 그 종류도 다양하다. 겉으로 보기에는 같은 자색당근이지만 겉은 보라색에 속은 주황색인 당근도 있고 겉과 안이 모두 보라색인 당근도 있다. 또 겉은 검정색인데 속은 노란색인 당근도 있다. 색상에 따라 약간씩 맛도 다른데 대체로 식감과 당도의 차이다. 그중 가장 달고 내 입맛에 똑 맞았던 자색당근은 매년 잊지 않고 키운다. 보기에도 예쁘고 달달한 맛이 좋은 자색당근. 스틱 모양으로 썰어 간식으로 먹기도 하고 피클을 담가 먹어도 맛나다. 당근을 좋아하시는 분들은 꼭 키워보시라 말씀드리고 싶다.

당근 파종은 매우 간단하다. 다 자란 당근의 크기와 당근잎이 퍼져나갈 간격을 염두하고 살포시 줄뿌려 흙을 덮어주곤 '잘 자라렴' 하고 속삭여주면 끝! 나의 바람을 소리 내어 표현해준다. 꽃도, 채소도 관심을 표현해주면 진심이 통한다는 사실을 기억하자.

씨앗을 뿌리는 방법은 처음부터 수확할 작물의 크기를 고

려해 일정한 간격을 두고 구멍을 파서 뿌리는 점뿌림, 나중에 솎아줄 것을 염두에 두고 약간의 홈이 생기도록 줄을 그은 후 쪼르륵 뿌리는 줄뿌림, 말 그대로 밭에 여기저기 흩어지게 뿌리는 흩어뿌림이 있다. 나는 주로 줄뿌림을 한다. 줄뿌림으로 뿌려두면 자라고 있는 좀 비실한 어린잎 당근을 두세 번 정도 솎아서 먹을 수 있다. 작고 달콤한 당근을 먹을 수 있다는 나의 기쁨도 있지만 나머지 튼실한 줄기들이 더 잘 자라도록 돕는 일이기도 하다. 그런데 내 눈에는 모두 튼실해 보이니 솎아내기가 여간 힘든 일이 아니다. 솎아낸 당근은 귀염둥이 그 자체다. 이 앙증맞은 아기 당근과 갓 수확한 상추를 비빔밥에 넣어주면 음, 그 맛은 진정 꿀맛이다. 이 맛에 줄뿌림을 택한다. 매년 당근을 키우지만 덮인 흙을 거두고 힘차게 쑥 뽑아올린 첫 수확의 감동은 잊지 못할 것 같다. '당근' 하면 평생 자동적으로 머릿속에 생생하게 떠오르겠지.

텃밭에 다니다 보면 매주 같은 시간대에 마주치는 분들이 있다. 채소 재배라는 공통분모가 있어 자연스럽게 인사를 나누게 되고, 키우는 품종에 대해 서로 궁금한 점을 물어보며 수확물을 나눠주기도 한다. 하루는 예상보다 건실하게 자란 자색당근을 보며 한껏 신이 나 수확하고 있었다. 이웃 텃밭의 어머님, 아버님이 자색당근을 유심히 바라보시기에 인사를 드리고 몇 개 챙겨드렸다. 받았으니 빈손으로 보낼 수 없다 하시며 호박을 챙겨주셨고, 마침 수확할 호박이 없던 차에 기쁜 마음으로 받았다. 두 분과 이런저런 대화를 하는데 마지막에 하신 말씀이 "젊은 처자가 주말에 데이트도 하지 않고 채소를 키우네. 한참 데이트할 땐 데"였다. 황금 주말에 채소 재배에 푹 빠진 모습이 보통의 청년과는 달라 신기하셨을까? 그저 빙그레 웃음 지었다. 지금 생각해보면 혼자 밭에 온 모습이 외로워 보였나 싶다. 가족과 함께 오기도 하지만 혼자 올 때가 더 많았으니까. 프랑스 작가 귀스타브 플로베르는 "사랑은 봄에 피는 꽃과 같다. 왜냐하면 모든 것에 희망을 품게 하고 달콤한 향기를 풍기기 때문이다"라고 했다. 나도 보통의 연애를 한다. 연애도 채소도 내 삶의 활력소다. 나만의 가족을 이루어 함께할 그날이 기다려진다.

　여기선 어린아이도 잘 먹을 수 있는 노버터 당근 바나나 케이크와 남녀노소 누구나 좋아할 만한 당근 잎 부침개를 소개한다. 당근 잎 부침개는 농부시장 마르쉐@에 참여했을 때 판매했던 메뉴였는데 꽤 인기가 좋았다. 굵은 줄기는 제거하고 여린 당근 잎과 당근, 그리고 원하는 다양한 부재료를 넣고 우리밀 통밀가루와 함께 부쳐내면 은은한 당근 향이 퍼져 나오면서 기가 막힌 맛이 나온다.

당근 바나나 케이크

당근 1개
바나나 4개(1개는 토핑용)
박력분 300g
베이킹파우더 2T
원당 80g
계란 2개
현미유 90g
럼 3T

1 당근은 곱게 채 썬다.

2 바나나 3개를 으깬다.

3 박력분과 베이킹파우더는 계량해서 체에 내려둔다.

4 원당에 현미유를 넣고 원당이 녹도록 거품기로 골고루 섞는다.

5 4에 계란을 두 번에 나누어 넣고 골고루 섞는다.

6 5에 3과 1의 당근, 럼을 넣고 가루가 보이지 않도록 섞는다.

7 틀에 담고 토핑용 바나나를 썰어 올린다.

8 오븐에서 175도로 30분간 구워준다.

recipe 03

당근 잎 부침개

당근 1개
당근 잎 줄기 6~7개
양파 1/2개
애호박 1/2개
부침 가루(또는 통밀가루) 2컵
물 1컵
식용유 적당량

1 당근, 양파, 애호박은 깨끗이 씻고 길이를 맞추어 가늘게 채 썬다.

2 당근 잎은 가는 줄기만 잘라내어 깨끗이 씻는다.

3 준비된 물에 부침 가루를 넣고 덩어리지지 않게 풀어준다.

4 3에 채 썬 채소, 당근 잎을 고루 섞는다.

5 달군 팬에 앞뒤로 노릇하게 부친다.

월동 시금치와 생생 시금치

∿∿∿∿∿

청순한 여자의
필수 요건(?) 빈혈.

나는 빈혈을 달고 살지는 않는다. 그러나 가끔 바쁜 일정에 끼니를 제대로 챙기지 못하는 날들이 길어지면 연중 한두 차례 정도 어지러움을 겪곤 한다. 병원에 가서 빈혈 수치를 측정해보면 어김없이 평균 수치보다 낮아져 있다. 의사 선생님께서는 빈혈 약을 권해주시지만 가장 좋은 건 자연의 약이라는 생각에 효능 좋은 음식을 챙겨먹는다. 바로 쇠고기와 시금치, 그중에서도 손쉽게 구할 수 있고 빠르게 요리할 수 있는 시금치를 주로 찾는다. 나물을 좋아하는 나에게 딱 안성맞춤인 처방이다. 시금치는 비타민 C의 함량이 높고 비타민 B1, 비타민 B2, 엽산, 칼슘, 철 등 몸에 좋은 영양소를 듬뿍 함유하고 있다.

하루 일과를 마치고 집에 오는 길, 시장에 들러 시금치 한 단을 사다가 펄펄 끓는 소금물에 살짝 데쳐 찬물에 헹구어낸다. 그리고 양손 가득 데친 나물을 잡고 온 힘을 손끝으로 보내 물기를 쫙 짜준다. 어릴 적 엄마가 시금치나물을 만드실 때면 그 옆에 꼭 붙어서 한 번은 하고야 말았던 시금치 물기 짜기. 생각해보면 그 엉성한 물기 짜기가 도움이 될 리가 만무하고 귀찮을 만도 한데 엄마는 늘 해보게 하셨다. 작고 힘 없던 손이 이제는 제법 듬직해졌다.

물기를 제거한 시금치는 된장이나 고추장에 삼삼하게 무쳐도 맛있고 간장을 살짝 넣어 심심하게 무쳐내도 맛있다. 마지막은 참기름 몇 방울로 마무리한다. 따끈따끈한 밥에 바로 무쳐낸 시금치나물 한 접시만 있으면 밥 한 공기가 눈 깜짝할 사이에 사라진다. 이렇게 며칠 먹으면 '언제 빈혈 증상이 있었지' 할 정도로 생생한 나로 돌아오곤 한다. 엄마가 조물조물 맛있게 무쳐주시는 시금치나물. 엄마의 손맛을 따라갈 수는 없지만 비슷하게 흉내 낼 수 있는 내가 되었다.

그 덕분에 텃밭에서 키우고 싶었던 채소 중 하나가 시금치였다. 나의 첫 시금치는 따스한 햇볕이 내리쬐는 봄이 아닌 차디찬 바람이 불어오는 겨울의 길목에서 시작했다. 텃밭을 계약하고 찾아간 첫날, 농장 아저씨가 내년 봄까지 기다리지 않고 지

지금은 견디기 어려운 일도
나중에는 달콤한 추억으로 남는다는 것을
이제는 안다.

금도 파종할 수 있다며 적극 권해준 채소가 바로 시금치였다. 매섭게 부는 찬바람을 맞으며 씨앗 한 봉지를 탈탈 털어 뿌렸다. 갈고리를 이용해 골고루 자리 잡도록 섞어주며 살포시 흙으로 덮어주었다. 손과 발이 꽁꽁 얼어붙고 움직임도 둔해지니 모든 게 원망스러웠다. 영국의 역사가 토머스 칼라일은 "길을 가다가 돌이 나타나면 약자는 그것을 걸림돌이라 말하고, 강자는 그것을 디딤돌이라 말한다"라고 했다. 유난히 추위를 타는 내가 봄까지 기다리지 못하고 이게 뭐하는 건가 싶고, 이 아저씨가 아무것도 모르는 처자라고 대충 아무 씨앗이나 키우라고 하셨구나 하는 의심도 슬그머니 들었다. 고되던 파종이 끝나고 인터넷 검색을 하고 나서야 혼자 별생각을 다 했다 싶어 헛웃음만 나왔다. 나는 너무나도 나약한 약자였다. 애꿎은 농장 아저씨만 의심의 눈길로 쳐다보았으니 말이다.

이처럼 겨울에 키우는 재배 방법을 월동재배라 한다. 월동재배는 9월 중순에서 10월 초 파종을 한다. 날이 서서히 추워지면서 언뜻 보기에 성장을 멈춘 듯 보이지만 본잎은 땅에 바짝 붙어 매우 더디게 자란다. 꽁꽁 얼었던 땅에 봄기운이 스며들면 힘없이 축 처져 있던 시금치 잎이 탄력을 받고 자라나 3월이면 수확이 가능하다. 월동재배한 시금치는 추운 겨울 동안 누가 나도 모르게 설탕물을 뿌려주었나 싶을 정도로 특유의 단맛이 기가막히다. 일반적인 설탕의 단맛과는 비교할 수 없는 채소 본연의 단맛이다. 이 월동 시금치의 맛에 한번 매료되면 누구라도 엄지를 척하고 올릴 수밖에 없다. 그래서 매년 잊지 않고 키우려 하는데 작년에는 시기를 지나쳐버렸다. 올해는 잊지 않고 파종을 해야겠다. 손수 키운 시금치의 맛을 많은 분들께 알리고 싶어서 그 어느 해보다 더 양껏 파종할 생각이다.

시금치는 무더운 한여름을 제외하고 봄, 여름, 가을, 겨울 사계절 파종이 가능하다. 파종 후 40~50일이라는 비교적 짧은 기간 내에 수확이 가능해 초보가 키우기 쉬운 작물이니 적극 권하고 싶다. 시금치를 싫어하는 아이들도 스스로 키운 시금치는 맛있게 먹는다. 자녀가 있다면 자녀와 함께 요리하는 시간을 만들어보기를 추천한다. 아이들의 두뇌와 정서 발달에 굉장한 도움이 된다. 이 책에서 소개할 시금치 키슈는 과정이 간단해 아이와 함께 요리할 수 있으면서도 한 끼 식사로도 든든하다. 키슈는 바삭한 파이지 위에 부드러운 달걀 물을 기본으로 본인이 좋아하는 야채를 넣어 만들 수 있다. 바삭함과 부드러운 식감을 동시에 느낄 수 있는 프랑스 대표 간식이다.

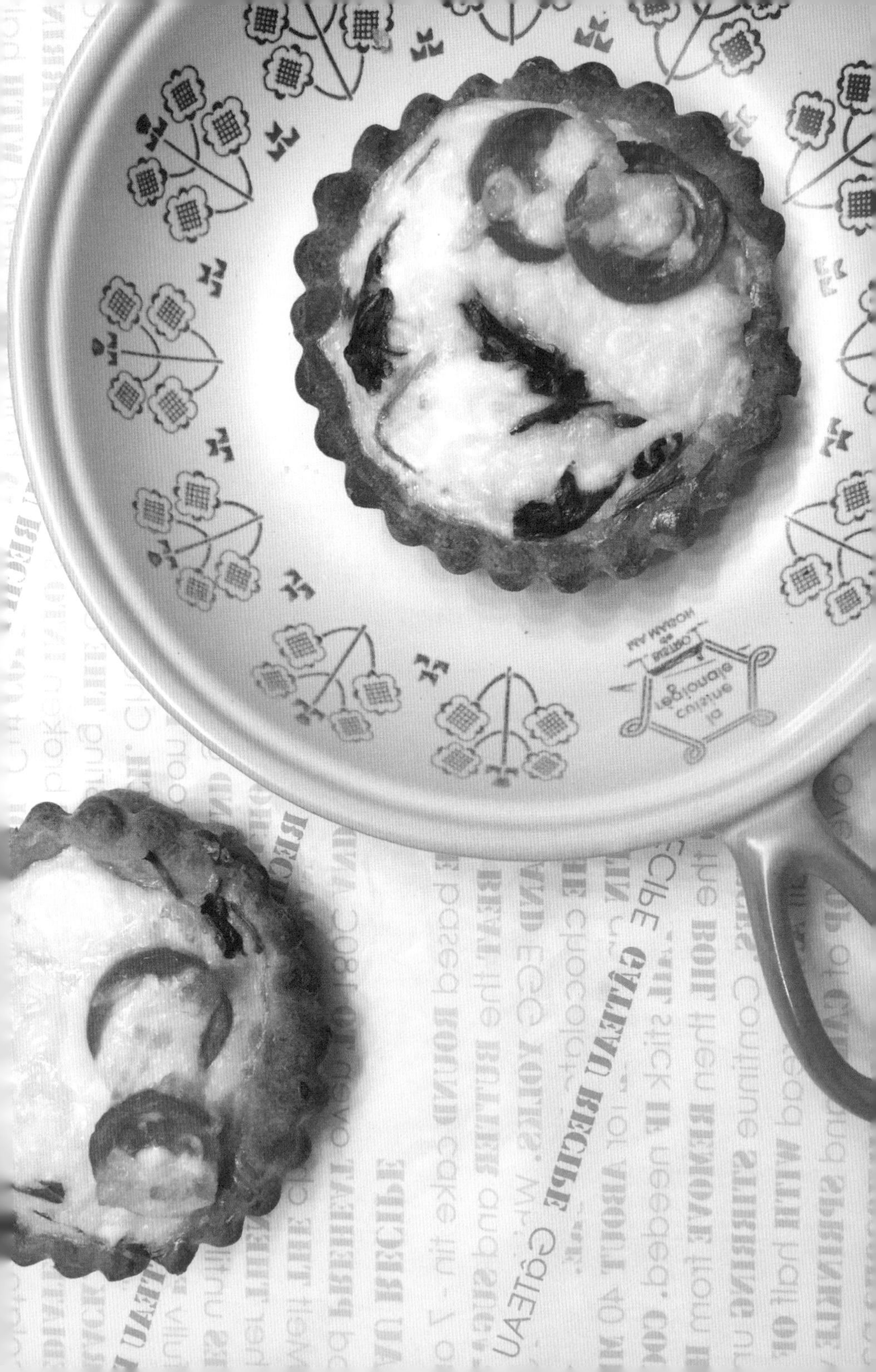

시금치 키슈

키슈 반죽
우리밀(또는 일반 강력분) 125g
유기농 박력분 125g, 버터 100g
차가운 달걀 1개, 차가운 물 1/2T
소금 약간

충전물
달걀 2개, 생크림 1컵, 소금 약간
후추 약간, 파마산 치즈 3T, 체다 치즈 3T
토핑용 모차렐라치즈 1/2컵

속재료
식용유 2T, 양송이버섯, 시금치 약간
양파 1/4개, 방울토마토 6개, 소금 약간
후추 약간
(속재료는 자유롭게 대체 가능하다)

1 우리밀과 박력분을 함께 섞어 체에 두 번 내려준다.

2 체에 내린 우리밀과 박력분을 현미유와 달걀, 물, 버터, 소금을 함께 섞어 반죽 후 냉장고에서 1시간 휴지한다.

3 달군 팬에 속재료를 모두 섞어 볶고, 마지막에 소금과 후추로 간한다.

4 2의 반죽을 얇게 밀어 타르트 틀에 맞추어 자르고 오븐에서 180도로 15분간 굽고 식힌다.

5 3을 올리고 충전물을 붓고 모차렐라치즈를 올리고 오븐 180도에서 20분간 굽는다.

기다림의 미학, 아스파라거스

나는 요즘에 보기 드문
육 남매의 다섯째 딸이다.

여섯째인 남동생을 제외하고는 막내딸. 그래서인지 질투심이 강하고 욕심도 많은 편이다. 쑥스러움을 많이 타는 반면 눈에 띄는 무언가를 하려는 마음도 꽤 강하다. 아스파라거스 역시 텃밭을 키우는 사람들에게도 흔하지 않은 생소한 채소다. 요즘 보기 드문 육 남매라는 가족을 가진 나와 연결고리가 있는 부분이다. 텃밭을 가꾸다 보면 이 작은 공간을 남들과는 다른 채소로 채우고 싶은 열망이 가득할 때가 있는데, 그때 '바로 이거다' 싶어 구입한 씨앗이 아스파라거스다. 씨앗 자체는 그리 비싸지 않지만 첫 수확을 하기까지 꽤 긴 시간이 걸려 선뜻 시도하기 쉽지 않은 채소다.

단돈 몇천 원에 씨앗 200개가 들어 있는 한 팩을 샀다. 이런 횡재가 어디 있나 싶었다. 농약 없이 키운 싱싱한 아스파라거스를 원 없이 먹어볼 수 있다는 생각에 절로 덩실덩실 춤이라도 출 기세였다. 텃밭 한 귀퉁이에 200개의 씨앗을 아낌없이 팍팍 뿌렸다. 그러나 결과는 참담했다. 200개의 씨앗 중 살아남아 싹을 보여준 것은 단 다섯 개뿐이었다. 잠시 낙담했지만 다섯 개의 씨앗이 싹을 보여준 사실에 감사하기로 했다. 흔한 경우는 아니지만 오랜 시간이 지나서 싹을 틔우기도 한다니 지나보면 몇 개는 더 올라 오지 않을까 하는 기대도 들었다.

남은 다섯 개의 싹이 어찌나 풍성히 자라는지 일주일에 한 번씩 사람 머리카락 자르듯 여린 줄기들을 과감하게 싹둑 잘라 줬다. 무성한 줄기와 하늘하늘한 잎을 몇 번 잘라낼 때마다 잎사귀 하나, 줄기 하나가 아까운 마음이 들어 다소 실험적이지만 다양한 요리를 시도해보고 있다. 2014년 봄에 파종하고 3년째, 올 봄이 되자 드디어 수확에 성공했다. 아스파라거스는 굵직하고 튼실한 줄기가 올라오는 최소 3년이 되는 해부터 수확이 가능하기에 기다림의 채소라고도 불린다.

나의 텃밭에서 두 해를 보낸 아스파라거스가 너무도 궁금했다. '어떤 맛일까?' '직접 키운 아스파라거스로 요리한다면 특별한 맛이 날까?' 하는 상상을 수십 번 했다. 이 기다림의 여정 에

서 아스파라거스만 수확한 건 아니었다. 내 인생의 또 다른 길을 개척한 시간이기도 했다. 아스파라거스를 파종할 즈음 천연발효빵 클래스 강의도 함께 시작했고 올해로 꼭 3년이 되었다. 대학교 1학년 때 취미로 시작한 베이킹 동아리 활동이 나만의 철학이 담긴 강의로까지 이어지니 감개무량할 뿐이다. 그래서 올해 첫 수확한 아스파라거스는 의미가 특별하다. "그대의 마음속 깊은 곳에 인내를 심어라. 그 뿌리는 써도 열매는 달다"라는 오스틴의 조언이 딱 맞는 나의 아스파라거스다.

내년 봄에 두 번째 파종을 하려고 한다. 지금의 딱 두 배로 만 싹이 올라온다면 더할 나위 없겠다. 그리고 건강하게 자라준 아스파라거스에게 살포시 고마움도 표현해야지. 너희들을 바라보며 기다리는 시간 동안 나도 멈추지 않고 함께 한 발 나아갈 용기를 얻었다고 말이다.

스테이크와 아스파라거스 구이

안심(2인분)
아스파라거스
허브소금 1T

소스
디종 머스터드 2T
사과식초 1T
원당 1t
소금 약간
후추 약간

1　안심은 핏물 제거 후 미리 섞어둔 올리브유와 허브소금을 앞뒤로 발라 10분간 재워둔다.

2　아스파라거스는 원하는 길이로 잘라 식용유를 두른 팬에 살짝 노릇하게 구워준다.

3　재워둔 안심을 미리 달군 팬에 굽는다(앞뒤로 구울 때 딱 한 번만 뒤집어 육즙의 맛을 살려준다).

4　소스의 재료를 모두 섞고 기호에 맞게 간한다.

20일 무, 래디시

5년 전 여름, 교통사고로
잠시 병원에 입원한 적이 있다.

텃밭의 여름은 다양한 채소들이 쑥쑥 자라는 시기로, 잡초도 제거하고 물도 자주 주어야 해서 손길이 많이 필요한 매우 바쁜 시기다. 특히나 쌈채소들은 매주 수확을 해야 했다. 당시 텃밭을 같이 시작한 언니를 뺀 나머지 가족들은 텃밭에 관심이 없었고, 주로 나 혼자 서로 떨어져 있는 두 곳의 농장을 다니고 있어 안 그래도 시간이 늘 부족했던 때였다. 그런 상황에 병원 밖으로 나가지 못하니 여간 답답한 일이 아니었다. 다행히 넷째 언니가 바쁜 회사 업무 중에도 한 곳을 맡아주었지만 다른 텃밭은 어쩔 수 없이 방치되었다. 그리고 그곳엔 수확 시기를 훌쩍 넘

긴 래디시가 있었다.

　래디시는 파종 후 20일이면 수확할 수 있어 '20일 무'라고도 불린다. 식물학적으로 재배 과정이 무와 같아서 서늘한 기후에 파종해야 벌레도 먹지 않고 맛 좋은 래디시를 수확할 수 있는데, 나는 초여름에 씨앗을 뿌렸고 수확까지 늦어진 상황이었다. 아니나 다를까 퇴원 후 부랴부랴 텃밭에 갔더니 그야말로 엉망진창 상태였다. 잎사귀는 벌레가 달려들어 구멍이 생긴 정도가 아니라 '너덜너덜'이라는 표현이 더 어울렸다. 일반적으로 알고 있는 2~2.5센티미터 크기의 동글동글 알사탕 같은 귀여운 래디시는 온데간데없고 웬 고구마가 나를 기다리고 있었다. 10배로 커져 어딘가 터질 만도 한데 겉은 너무나도 멀쩡해서 신기했다. 혹시나 기대하는 마음에 반으로 자르니 여기저기 바람이 들고 푸석해져 늦어버린 수확의 시간을 여실히 보여주었다. 수확 시기의 중요함을 다시 깨닫는 시간이었다. 다른 분들은 나 같은 실수를 하지 않으셨으면 하는 마음에 블로그에 포스팅을 했더니 다들 정말 고구마 같다고 놀리며 재밌어하셨다. 지금은 제대로 된 래디시를 만나기 위해 해마다 다섯 번 정도 씨앗을 뿌리고 적정 시기에 맞춰 수확하고 있다. 또 래디시는 빨간 래디시, 하얀 래디시, 동글한 래디시, 길쭉한 래디시 등등 그 종류가 매우 다양해 1년에 한두 번은 해외 씨앗 사이트에서 종자를 구입해 키우고 있다.

시기만 잘 맞추면 유달리 키우기 편하고 수확하는 즐거움이 큰 래디시다. 감자와 함께 살짝 간해서 오븐에 구워내 한입 베어 물면 흘러나오는 즙의 맛이 환상적이다. 또 얇게 썰어 다양한 채소와 함께 샐러드로 먹으면 아삭함은 이루 말할 수 없다. 나는 주로 피클이나 장아찌로 담가 먹는데 그 맛 또한 예술이다. 주변에서 자꾸 수제 래디시 피클, 래디시 장아찌를 판매하라고 하시는데, 솔직히 말하면 '나도 한번 판매해볼까?' 하는 욕심을 품게 만드는 맛이다. 병에 담아놓으면 보기에도 예쁘고 선물용으로도 제격이다. 맛이 궁금하시다면 작업실에 놀러오세요. 언제든 환영합니다.

래디시 피클

래디시 10~15개(원하는 채소로 대체 가능)
소독한 유리병

배합초
물 1컵
현미식초 1/2컵
원당 1/3컵
소금 1T
화이트 와인 1컵,
월계수 잎(4~5장)
통후추 약간
피클링스파이스 약간

1   병은 미리 소독해서 물기를 바짝 말려 준비해둔다.

2   래디시는 먹기 좋은 크기로 잘라준다.

3   유리병에 래디시를 차곡차곡 담는다.

4   배합초의 재료를 모두 섞어 냄비에 넣고 펄펄 끓어오르면
    불을 끈다.

5   4의 배합초를 뜨거울 때 3에 붓고 뚜껑을 덮어 뒤집은 채로
    실온에 하루 두었다가 냉장고에 넣어 보관한다.

래디시 오븐 구이

래디시 12개
피망 2개
양파 2개
현미유
소금 5g
허브 가루 4g
꼬치 12개

1 래디시는 깨끗이 씻어 물기를 빼둔다.

2 피망과 양파는 깨끗이 씻어 물기를 빼고 한입 크기로 잘라준다.

3 현미유, 소금, 허브 가루를 골고루 섞어 손질한 래디시와 피망과 양파를 넣고 버무린다.

4 하나의 꼬치에 피망, 양파, 래디시를 하나씩 꽂아준다.

5 오븐에서 140도로 25~30분간 구워준다.

노지의 힘, 바질

재작년은 허브 재배에
공을 많이 들인 해였다.

나는 바질, 페퍼민트, 애플민트, 스피아민트, 오레가노, 라벤더, 로즈마리, 한련화, 이탈리안 파슬리, 딜과 같은 대중적인 허브부터 레몬버베나, 스테비아와 같이 다소 생소한 허브까지 다양한 허브를 키우고 있다. 허브는 보통 본격적인 봄이 시작되는 4월을 전후로 파종하거나 정식해 키운다. 첫해엔 파종을 선택했는데 제대로 싹을 틔워준 허브가 있는 반면 그대로 어디론가 사라진 듯 올라오지 않는 허브도 있었다. 그때 이후로 바질, 한련화 등 새싹이 잘 올라오는 허브는 주로 파종해 키우고 스테비아, 레몬버베나와 같이 씨앗 발아가 어려웠던 허브는 텃밭 근처 '허브

다섯메'라는 허브 농장에서 모종을 구입해 키우고 있다. 여름에는 자라는 속도가 빨라 일주일에 두세 번 수확이 가능할 정도로 수확량이 많고 서늘한 초가을까지도 무난히 수확 할 수 있다.

불어오는 바람과 쓰다듬는 사람의 손길 따라 은은하게 풍기는 허브 향. 아름다운 꽃이 벌과 나비를 유혹하듯 사람의 마음을 붙잡아 그 곁에 머물게 하는 힘이 있다. 텃밭은 단절된 관계를 이어주고 넓혀준다. 식물에만 인사하고 돌아가던 장소가 낯모르는 사람들과 마음을 나누는 공간으로 변한다. 허브에 관심이 많은 이웃 분이 궁금한 점을 물으시면 나 역시 초보이기에 초보의 눈으로 바라보며 설명을 드린다. 일주일이면 금세 자라는 허브이기에 넉넉한 마음으로 한아름 따 드리면 기분 좋아지게 만드는 환한 웃음을 건네주신다.

한 번은 바질을 좋아하는데 밭에서 키울 수 있는지 모르셨다는 옆 텃밭의 어머님께 허브를 줄기째 잘라 물에 담가 물꽂이해 선물드렸다. 그러면 그게 뭐라고 연신 고맙다는 말을 해주시는데 키운 보람에 절로 어깨가 으쓱해지며 소리 없이 수줍은 눈웃음을 짓게 된다. 희귀한 씨앗도 나누어 드리고 수확량이 많든 적든 보기 드문 채소는 이왕이면 가장 예쁜 모양으로 골라 챙겨 드리게 된다. 때로는 막내딸 출신의 애교로 맛난 채소를 받아오기도 한다. 베란다 텃밭과는 또 다른, 바로 옆에서 서로에게 의지하고 격려하며 키워가는 맛이 있다.

칼 힐티는 "사람의 행복이란 서로 그리워하는 것, 서로 마주 보는 것 그리고 서로 자신을 주는 것이다"라고 했다. 전혀 모르는 사람과 편하게 한두 마디 주고받기도 시간이 걸리는 나였다. 농사를 시작하며 다른 분들의 텃밭엔 뭐가 있나 궁금한 마음에 주뼛대며 구경하다 자연스럽게 인사를 건네고 채소를 매개로 함께 웃음 짓게 되었다. 지금의 나는 새 이웃이 오면 먼저 말을 건네는 푸근한 처자다. 그리고 이런 푸근함은 내 삶의 행복한 순간이 되었다.

바질을 수확한 날 버스를 타면 바구니 속에 담긴 기분 좋은 향이 흔들흔들 나의 움직임을 따라 밖으로 새어 나온다. 내가 내리고 난 후에도 한동안 버스 안에 남아 있을 바질 향, 자연이 담긴 허브 향이 은은히 감돌며 일상에 지친 누군가에게 활력을 샘솟게 하는 향으로 스며들기를 바래본다. 그 속에 내가 느낀 행복감이 함께 담겨 있을 테니까.

바질 페스토 파스타

파스타 100g
올리브오일 2T

바질 페스토
바질 200g
호두 160g
올리브오일 250ml
마늘 6쪽
파마산치즈 가루 100g
소금 약간
후추 약간

1 오일을 두르지 않은 팬에 호두를 살짝 볶아 식힌다.

2 식힌 호두와 나머지 바질 페스토 재료를 모두 섞어 믹서기
   에 간다. 만들어진 바질 페스토는 파스타에 넣을 양만 남겨
   두고, 나머지는 소독한 유리병에 담아 올리브오일 1T를 뿌
   리고 냉장 보관한다.

3 끓는 물에 소금과 파스타면을 넣고 8분 삶은 후 물기를 제거
   하고 준비된 올리브오일 2T를 살짝 입힌다.

4 3의 파스타면에 2의 바질페스토 1T를 넣고 버무려준다.

까칠한 깻잎

서울 촌사람인

나.

친가에도 외가에도 농사짓는 분이 없으셔서 어느 하나 익숙한 부분이 없다. 깻잎이 나무처럼 위로 쑥쑥 자란다는 건 이웃 텃밭을 보고서야 알았다.

깻잎은 따뜻한 4월에 파종하면 대략 일주일 안에 떡잎이 올라온다. 씨앗을 뿌린 후 잎의 크기가 손바닥만큼 커지면 수확할 수 있고, 빠르면 7~14일 안으로 재수확이 가능하다. 또 수확 기간도 길어서 날이 서늘해져 자랄 수 없을 때까지 계속 수확할 수 있다.

여리고 부들부들한 다른 쌈채소와 달리 깻잎은 까슬까슬한 잎의 감촉처럼 줄기 또한 억세다. 잎에 붙은 줄기를 정리하는데 손이 꽤 고생을 했다. '손대지 마!'라는 깻잎의 마음이었을까. 분명 까슬함을 잠재우는 요령이 있을 게다. 참 예민하고 까칠한 깻잎이지만 그 맛과 향이 좋아 키우지 않을 수가 없다.

깻잎을 앞에 두고 '참 까칠하구만'이라고 말하지만, 솔직히 고백하건대 나도 한 까칠했던 사람이다. 20대엔 차가워 보인다는 말을 종종 들었다. 그러나 아는 사람들은 알겠지만 나는 겉모습에서 느껴지는 차가움과 달리 정이 많은 스타일이다. 스스로 표현하자니 쑥스럽지만 마음을 내준 주변 사람들에게 한없이 퍼주고 챙겨준다. 마음을 나누는 일은 영원함 없는 세상 속에서 결코 사라지지 않을 일이라 믿기 때문이다. 까칠해 보여도 따스한 마음을 지닌 사람, 그게 나다. 너그러운 시선으로 타인의 매력과 장점을 바라보고 감싸주는 따스한 사람이 되고 싶은 나다.

나는 우리나라의 전통 음식인 장아찌를 사랑한다. 간장을 이용하던 고추장을 이용하던 온갖 종류의 채소 장아찌를 좋아하는데 특히 간장으로 만든 깻잎장아찌는 가족 모두가 좋아하는 반찬이다. 짭조름하니 밥 두 그릇쯤이야 거뜬히 먹을 수 있어 한 번 만들면 며칠이 안 되어 자취를 감춘다. 보통은 장아찌 아니면 쌈채소로만 먹던 깻잎을 요리에 응용하기 시작했던 건 한 바구니 하나를 가득 채우고도 넘치는 수확을 하고 부터였다.

어려서부터 지금까지 누구 하나 빠짐없이 떡볶이를 좋아하는 우리 가족들인지라 출발은 떡볶이로 시작했다. 그중에서도 궁중 떡볶이에 깻잎을 듬뿍 올려 먹는 것부터 시도했다. 국물이 보글보글 끓어오르면 굵직하게 채 썬 깻잎을 넣고 푹 끓여주거나 먹기 직전, 각자의 취향에 맞게 개인 그릇에 올려 먹는다. 신기하게도 깻잎 하나 살포시 올렸을 뿐인데 맛은 물론 색감과 향이 사는 오감이 행복한 별미가 된다.

깻잎은 웬만한 국물 요리 어디에나 가늘게 채 썰거나 대충 손으로 잘라서 올려주면 향신료의 역할을 톡톡히 한다. 또 바짝 말려서 곱게 갈아 가루로 만들어두면 천연 조미료로 활용할 수 있다. 깻잎을 말릴 때는 저온에서 바짝 말려야 색과 향이 살고 장기간 보관할 수 있다.

깻잎 궁중 떡볶이

깻잎 10장
당근 1/3개
노란 파프리카 1/2개
빨간 파프리카 1/2개
새송이버섯 3개
가래떡 1줄
식용유 약간
간장 4T
원당 1T
청주 1T

1   가래떡은 7cm 길이로 자르고 다시 세로로 1/4씩 잘라준다.
    끓는 물에 말랑말랑할 정도로만 살짝 익혀둔다.

2   깻잎은 깨끗이 씻어 채 썬다.

3   당근, 파프리카, 새송이버섯은 가래떡과 길이를 맞추어 자른다.

4   간장, 원당, 청주는 미리 섞어둔다.

5   식용유를 두른 팬에 당근을 살짝 볶다가 가래떡과 4의 양념
    을 넣고 볶는다.

6   가래떡에 양념이 스며들면 새송이버섯을 넣고 볶다가 마지
    막에 파프리카를 넣고 볶는다.

버릴 것 하나 없는 마늘

이러다간 따스한 봄이
다 지나가버리겠다.

마늘대 올라오는 속도가 달팽이 걸음처럼 느리게만 보인다. 자연의 시간대로 자라고 있다는 것을 알면서도 제자리걸음으로만 보인다. 느긋이 기다려야지 하고 다짐하다가도 나도 모르게 급한 성격이 튀어나와 일주일마다 올라오는 마늘대 길이를 재본다. 마늘에 집중하던 관심이 제풀에 꺾이는 무렵이면 여름의 초입, 드디어 마늘 줄기가 하늘로 길게 자라 오르기 시작한다. 왕초보 시절에는 텃밭에서 자라는 모양새를 아무리 봐도 마늘인지 양파인지 대파인지 구분할 줄 몰라 흙을 살포시 들쳐봐야 가능할 수 있었다. 장장 8개월이란 긴 여정의 끝자락, 본격 여름이 시작되는 6월이 되면 드디어 알토란같은 마늘을 수확할 수 있다. 흙 사이로 단단히 자리 잡은 마늘대의 시작 부분을 두 손으로 당기니 줄기가 끊어진다. 호미로 주변의 흙을 덜어내고 마늘이 다칠세라 세심한 손길로 파낸다. 비록 마늘쪽은 작았지만 내 손으로 키워냈다는 뿌듯함에 가슴이 벅차다. 그런 벅참도 잠시 수확하는 날이 되어서야 마늘종을 미리 제거해야 한다는 사실을 알았다. 적어도 5월엔 잘라줘야 영양분의 분산을 막아 실한 마늘을 수확할 수 있다고 한다. 그제야 수확한 마늘쪽이 작아도 너무 작은 이유를 깨달았다.

블로그에 채소일지를 기록하다 보면 유독 댓글이 많은 인기 채소가 있는데 그중 하나가 마늘이다. 댓글 중에는 초보의 실수에 조언해주시는 감사한 글들이 종종 있는데 자그마한 마늘쪽에 아쉬운 속내를 드러냈더니 비료를 사용해보라는 글이 있었다. 감사한 댓글이었지만 첫해부터 6년이 된 지금까지 지키려 노력하는 나만의 철칙이 있다. 조금 덜 자라 보이고 어딘가 미흡한 모양새여도 최대한 자연의 힘으로 키워보자는 것이다. 자그마한 텃밭에서 내가 먹을 만큼만 키우는 채소이니 가능한 일이겠지만 자연에 가깝게 키워 그 속에 담긴 자연 본연의 맛을 먹고 싶은 바람이다. 그래도 수확할 때 아쉬움이 남는 것은 부인할 수 없는 사실이다.

마늘은 버릴 부분이 하나 없는 채소다. 마늘의 꽃줄기인 마

늘종은 식감이 연해서 볶음이나 장아찌로 먹을 수 있고, 마늘의 줄기는 파 대용으로 요리에 사용할 수 있으며 마늘의 껍질과 뿌리는 깨끗이 씻어 육수를 낼 때 사용한다. 직접 키우니 요리조리 남김없이 더 알뜰히 쓸 수 있어 더 없이 예쁘다.

지난주에 배추와 무를 수확하고 나니 텃밭이 휑하니 텅 비었다. 어제 첫눈이 내리면서 온몸이 시릴 정도의 추위가 시작되었지만 다음 해 그 자리에서 다시 만날 마늘을 기약하며 이번 주말에는 동생과 함께 마늘 모종을 정식하러 간다. 모종이 들어갈 구멍을 파고 그 속에 두세 번 물을 주고 물이 스며들길 기다렸다가 마늘 모종이 곧게 자리 잡도록 정식해야지. 즐거운 과정임이 분명하지만 정식하는 동안엔 겨우내 내가 달고 살 말, "춥다 추위"를 연신 중얼거리겠지만 말이다. 이런 나의 중얼거림도 마늘 모종은 애교로 들어주리라. 마늘을 텃밭에 옮기고 나면 그제야 겨울이 시작됨을 실감할 듯하다. 그러면 추위 많이 타는 나의 겨울을 책임져줄 핫팩도 주문하고 멀리서 보아도 한눈에 쏙 들어오는 고운 색상의 실로 목도리도 뜨기 시작할 거다.

마늘밥

불린 쌀 1컵
물 1컵
통마늘 6~7알
썬 마늘 4~5쪽
브로콜리 1/4개
참기름 2t
소금 1t
식용유 약간

1 달군 팬에 식용유를 두르고 통마늘, 썬 마늘을 노릇하게 익혀준다(통마늘은 부드러운 식감을, 썬 마늘을 바삭한 식감을 살려준다).

2 밥솥에 불린 쌀과 물을 넣고, 그 위에 노릇하게 익혀낸 마늘을 올리고 밥을 짓는다.

3 브로콜리는 데쳐서 물기를 빼고 소금, 참기름에 살짝 버무려준다.

4 밥이 완성되면 3의 브로콜리와 함께 골고루 섞어준다.

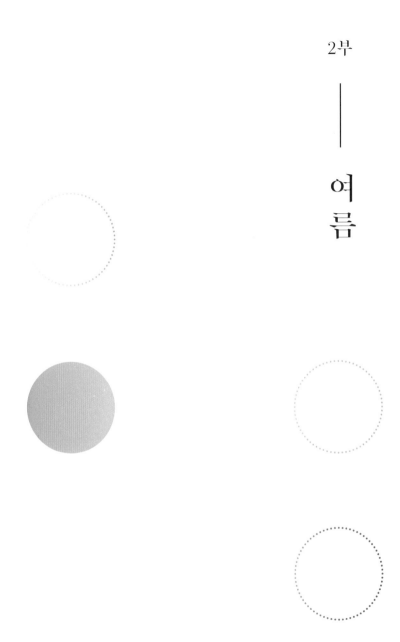

2부

——

여 름

장화 신고 펄쩍, 내 생애 첫 장화

늘 구두만 고집하던
나였다.

신발장 안에서 몇 년이고 새 운동화인 척 뽐내던 내 운동화는 텃밭을 시작한 이후 주말마다 흙과 물로 고초를 당했다. 멀쩡할 수 없는 운동화는 수명이 짧아졌다. 이대로는 안 될 것 같아 장화를 구입하기로 마음먹었다. 서른이 넘어 장화를 신으려니 쑥스러운 마음이 커 눈에 띄지 않는 남색으로 장만했다. 신어보니 일할 때는 장화만 한 것이 없었다. 왜 다들 텃밭에서 장화를 신고 다녔는지 그제야 알 것 같았다. 그렇지만 차마 집에서부터 신고 나올 용기는 없어 텃밭에 갈 때마다 가지고 다녔다.

텃밭은 집에서 도보로 30분 정도 되는 거리다. 날이 좋으

면 걸어다니고 궂은날엔 버스를 타고 다닌다. 그런데 때마다 장화를 챙겨가니 양손 가득 수확하는 날엔 장화 무게가 한몫해 큰 짐이 되곤 했다. 또 농장을 누비며 흙투성이가 된 옷은 그대로 입고 운동화만 갈아 신는 것도 여간 번거로운 일이 아니었다.

결국 용기를 냈다. 누가 바라보거나 말거나 개의치 않고 장화를 신은 채 집과 텃밭을 오가기 시작했다. 편안한 옷에 장화까지 더해지니 텃밭에 털썩 주저앉아 다리를 풀어주기도 하고 전에는 피해 다니던 물웅덩이를 재미 삼아 풍덩 밟아도 보고, 자유롭게 펄쩍펄쩍 뛰어다녀도 되니 농장에 가는 재미가 한층 커졌다. 초보 농부 시절, 집으로 가는 길엔 어떻게든 옷에 묻은 흙과 풀을 깨끗이 털어내고 텃밭에 왔다 갔다는 흔적을 남기지 않으려고 했다. 그 흔적이 없애려 한다고 없어졌을까 하는 생각에 피식 웃음이 나지만, 어쨌든 지금은 옷과 장화가 흙투성이가 되어 있으면 뿌듯함이 밀려온다. 내가 마음껏 수더분해지는 시간이기도 하다.

원래 인생의 터닝 포인트는 느닷없이 찾아온다고 했다. 장화를 신기로 마음먹은 일은 농부 인생의 터닝 포인트였다. 다른 분들이 들으면 웃으시겠지만, 내겐 한층 자유로워진 새로운 일상이 시작된 것과 같았다. 첫 장화는 나의 소심함이 담긴 남색이었고 그 다음 장화는 찢어질 때까지 신었던 빨간색, 지금은 노오란 장화를 신고 다닌다. 다음 장화는 주황색 아니면 초록색으로 사고 싶다. 좋아하는 구두는 몇 번을 고쳐 신다가 도저히 안 되겠다 싶으면 버렸지만, 낡고 찢어진 이 장화들은 도무지 버리지를 못해 간직하고 있다. 농장에서의 시간이 그 속에 고스란히 담겨 있기 때문이다. 나중에 그동안 신은 장화를 모아 쪼르르 세워두면 무지개 색깔이 보여 예쁘겠다. 다채로운 색깔 속에서 지나온 시간을 꺼내 돌이켜보는 일은 정녕 행복하리라.

고추 재배의 달인이 되어볼까

텃밭 첫해의 고추 재배는
정말이지 참담했다.

장마가 시작되기도 전에 하나씩 죽어가더니 기나긴 비가 잠잠해질 무렵에는 정식했던 모종 중 세 개만 남고 나머지는 병충해로 죽어버렸다. 당연한 결과였다. 모르면 용감하다더니 바로 나를 일컫는 말이었다. 경험이 없으면 책이라도 읽거나 주변에 도움을 청할 만도 한데 내 멋대로 키웠더니 무경험이 여실히 드러났다. "실수할 자유가 없는 자유란 가치가 없다"라고 했던 간디의 말처럼 쉽게 포기할 생각은 없었기에 이듬해 고추 재배 때는 책도 열심히 정독하고 주변 어르신들의 도움을 받아 밭의 고랑과 이랑부터 하나씩 토대를 만들어나갔다. 줄기에서 시작되어 Y자로 벌어지는 가지 아래의 잎을 모두 제거해 빗물에 상하거나 병을 옮기지 않도록 하고, 바람과 비에도 쓰러지지 않고 꿋꿋하게 견딜 수 있도록 튼튼한 지지대를 만들어주었다. 덕분에 두 번째 고추들은 긴 장마를 무사히 지내고 여름 내내 풍성한 수확을 가져다주었으며, 어찌나 건강했던지 선선한 바람이 불어오는 초가을까지 수확할 수 있었다.

솔직히 나는 고추를 일부러 찾아 먹지 않는다. 대신 고춧잎으로 솔솔 무쳐낸 고춧잎나물, 고추부각, 고추장아찌 등 반찬으로 만들어낸 입에 착착 감기는 그 맛은 좋아한다. 어쩌면 나는 고추 본연의 아삭한 맛을 고대하며 키우기 보다는 드디어 해냈다는 기쁨과 가위로 똑똑 잘라가며 수확하는 맛에 키우는 것 같다.

화려한 수확을 했던 그해였지만, 작은 텃밭인지라 곧 정리에 들어가야 했다. 아쉬움이 커 텃밭 주변을 한참이나 서성이고 나서야 겨우 뽑아낼 수 있었다. 그 이듬해에는 고추만을 위한 공간을 따로 만들었고 수확할 수 없을 때까지 키웠다. 나는 더 능숙해져 청고추에서 멈추지 않고 다음 단계인 홍고추 재배로 넘어갈 수 있었다. 청색, 홍색으로 나뉜 완제품 고추만 보던 내게 단풍잎이 물들어가듯 초록에서 다홍으로 물들다가 한순간에 새빨갛게 익어 있는 홍고추는 경이로운 경험이었다. 소량의 수확이었지만 내친김에 생애 첫 홈메이드 고춧가루를 만들기로 했다. 선명한 빨강을 입은 홍고추를 가을 햇살 아래 말려 뽀송한 행주로 하나씩 반질반질 윤이 나게 닦고, 조심스러운 손길로 씨를 빼내어 곱게 갈아 고춧가루를 만들었다. 직접 빻은 고춧가루의 향이란! 시도하지 않았다면 평생 알지 못했을 기쁨이다.

위래 인생의 터닝 포인트는
느닷없이 찾아온다고 했다.
텃밭은 내게 한층 더 자유로운 삶을
선사해주었다.

고추 부각

고추 500g
찹쌀가루 1컵
소금 한 꼬집

1   고추는 깨끗이 씻어 물기를 제거한다.

2   찹쌀가루에 소금을 넣어 골고루 섞어준다.

3   1의 고추에 찹쌀가루를 1/2컵 부어 입힌다. 찜기에 면보를
    깔고 김이 오른 찜기에서 3~4분간 찐다.

4   한 김 식힌 후 다시 남은 찹쌀가루를 입히고 3~4분간 찌고
    한 김 식힌다.

5   4의 상태에서 일주일간 말려준다.

6   팬에 기름을 넉넉히 두르고 튀긴다.

더위 식히기 좋은 날

수년간 올빼미로 살던 습관을 한 번에 바꾸기란 만만치 않다. 밤
의 묘미를 알기 때문이라고 말하고 싶다. 직업의 특성상 다양한
사람을 만나 함께하는 시간이 길다. 수업에 들어가 새로운 분들
과 만나는 그 시간이 살짝 긴장되면서도 살아가는 이야기, 세상
돌아가는 이야기를 주고받으면 웃음 가득한 시간이 만들어진다.
그래도 일과는 별개로 혼자 지내는 시간이 반드시 필요하기에
밤이 주는 고요함을 벗 삼아 사색하며 하루를 정리하는 시간을
즐긴다. 또 스스로 판단하기에 나는 타고나길 야행성이라 남들
보다 한참 늦은 새벽에 잠이 드는 건 어쩔 수 없는 일이라 생각

한다. 그런데 이런 이유를 차치하고 심각하게 잠들지 못하는 시기가 있었다. 첫 사회생활을 하면서 진정으로 하고픈 지금의 일을 발견했을 때였다. 본래 생각이 많아 종종 밀려오는 상념으로 밤을 밝히곤 했지만, 그 시기엔 야행성을 훌쩍 뛰어넘어 뜬눈으로 밤을 새곤 했다. 눈은 감기고 몸이 피곤해 잠자리에 누워도 정신은 맑고 또렷해 두세 시간을 뜬눈으로 뒤척이다 잠들곤 했다. 스트레스성 불면증이었다.

안정을 택할 것인가 아니면 내가 좋아하는 일을 할 것인가란 선택의 갈림길에 서 있었다. 사회 초년생이 과감하게 결정을 내리기란 결코 쉽지 않았다. 또 막상 곁에서 조언해주거나 들어줄 사람보다 혼자서 마음의 안정을 찾을 수 있도록 도와줄 무언가가 필요했던 참 답답한 시기였다. 때마침 꽃 박람회에 구경 갔다가 불면증에 효과적이라는 라벤더를 보게 되었다. 허브 키우기가 유행하던 시기였는데 식물에 관심이 많았던 나는 옳다구나 하고 당장 사서 들고 왔다.

이 라벤더가 내 방 창가에서 키운 첫 번째 허브이자 첫 재배였고, 허브티의 매력을 알게 된 시초다. 아쉽게도 작은 라벤더의 힘으로는 불면증에서 벗어날 수는 없었다. 그렇지만 햇볕 드는 시간이 짧아 열악한 내 방 창가에서 몇 종의 허브를 키우고 죽이기를 반복한 과정은 내게 긍정의 힘을 키워주었고 도전 정신을 일깨워주었다. 열정의 여왕 메리 케이 여사는 "열정을 불

러일으키는 평범한 생각은 아무런 영감을 주지 못하는 훌륭한 생각보다 더 많은 것을 이루게 한다"라고 했다. 오랜 고민 끝에 열정 하나만으로 용기를 낸 덕분에 지금까지 업으로 삼아 열심히 일하고 있다.

본격적인 요리 세계에 빠져들며 허브와 더 가까워졌다. 스스무 요나구니 선생님께 배울 때만 해도 허브는 한국에서 흔한 식재료가 아니었다. 지금은 '모히토에서 몰디브 한잔해'란 유행어까지 있을 정도로 매우 흔한 모히토, 상큼한 사과 향이 감도는 이 애플민트 음료는 내가 애정을 팍팍 쏟는 허브다. 무더운 여름날, 갓 수확한 애플민트와 라임, 설탕을 잔에 담아 으깨면 마시기도 전에 향에 취한다. 여기에 얼음과 탄산수를 넣고 담아내면 달달하고 시원한 맛에 그날의 땀과 수고로움이 싹 가신다.

텃밭의 허브는 상상 이상으로 쭉쭉 뻗어나가며 깜짝 놀랄 정도의 번식력을 보여준다. 특히 민트 종류는 우열을 가릴 수 없을 만큼 빠르다. 그러나 풍성한 수확도 잠시 다년생인 민트는 서리가 내리면 얼어 죽기 때문에 쌀쌀해지면 화분에 옮겨 실내에서 키워야한다. 애플민트와 페퍼민트를 키운 첫해, 겨우내 집안에서 키울 공간이 마땅하지 않아 내년에 다시 정식하자는 마음으로 텃밭을 싹 갈아주었다. 그런데 이듬해 봄이 오자 민트들이 그대로 올라오는 게 아닌가. 땅속 깊이 뿌리내리고 있던 민트들이 어떻게 추운 겨울을 견뎠는지 지난 그 자리에서 더 강력한 힘을 자랑하며 올라왔다. 초보 농부가 첫 허브 재배를 시작한다면 민트 종류를 추천한다.

　나는 그 이후로 애플민트와 페퍼민트는 따로 씨앗을 뿌리거나 모종을 심지 않는다. 봄이 되면 텃밭 어딘가에서 불쑥 올라오며 '안녕, 올해도 잘 부탁해'라고 인사말을 건네기 때문이다. 올해는 클래스를 수강하시는 아버님이 선물로 주신 귀한 토종 박하를 정식했다. 내년에 또 텃밭 어딘가에서 나타나겠지.

애플민트 모히토

애플민트 20~ 30장
라임 1/2개
설탕 5T
탄산수 300ml
얼음 적당량

1 애플민트와 라임을 함께 적당히 으깬다.

2 1에 설탕을 넣고 잘 저어 녹인다.

3 탄산수를 부어주고 기호에 따라 얼음을 넣는다.

색다른 감자 맛 좀 보실래요?

모든 일엔
계획이 수반돼야 한다.

이 말은 밭에서도 통용된다. 튼실한 감자알을 맺도록 두둑을 잘 만들어야 했는데 영 맘에 들지 않아 옮겨 심었다. 옮긴 자리에서 한 줄로 심어야 자랄 공간이 넉넉했는데 즉흥으로 두 줄로 심었더니 다른 채소 키울 자리가 부족해 자리를 옮겼다. 그러다 좋은 텃밭 상자가 생겨 자리를 양보하느라 또 한 번 자리를 옮겼다. 세 번의 이사 끝에 드디어 감자 자리가 정해졌다. 사람도 이사 한 번 하면 몸살이 오는데 다행히도 건강히 잘 자라주었다. 기특하게도 그곳이 자기 자리임을 아는 모양이다. 땅속 감자의 상태는 알 수 없었지만 튼실하게 자라는 줄기와 잎을 보며 수확에 대한 기대가 절로 생겼다. 더욱이 자주 먹는 일반 감자가 아니라 겉껍질도 속살도 붉은 홍감자라 더욱 기대감이 컸다.

　네이버 카페 '텃밭과 채소 키우기'에서 공부하면서 일본에서는 보라, 노랑, 빨강 등 다양한 종류의 씨감자를 손쉽게 살 수 있다는 사실을 알게 되었다. 마침 일본에 살고 계신 카페 회원님이 감사하게도 다양한 씨감자를 보내주셨는데 감자 종자는 들여올 수 없다는 사실을 그분도 나도 몰랐다. 아쉽게도 일본의 다양한 씨감자는 나에게 오지 못하고 그렇게 사라졌다.

　며칠째 이어지던 비가 잠시 소강상태에 들어가자마자 홍감자를 수확하기 위해 집을 나섰다. 비는 그쳤어도 잔뜩 먹구름 낀 하늘에 금방이라도 비가 내릴 것 같더니만 역시나 버스를 기다리는데 비가 세차게 내렸다. 준비해온 우산만으로는 안 되겠다 싶어서 급하게 우비 두 벌을 샀다. 지금은 남동생이 나보다 더 정성을 쏟고 있지만 농사 초반에는 밭을 갈거나 수확할 채소가 많은 날같이 힘이 필요한 날에만 동생이 동행했다. 함께해준 동생과 나는 오늘 무슨 일이 있어도 해내야 한다는 결의를 다지며 텃밭에 발을 들이자마자 수확에 돌입했다. 흙을 파내자 하나둘씩 모습을 드러낸 알알이 풍성한 감자는 우리를 놀라움으로 입이 쩍 벌어지게 했다. 세차게 내리는 비에 온몸이 젖었지만 개의치 않았다. 수확하고 사진 찍고 급기야 동영상까지 찍었다. 마트에 있는 감자처럼 예쁘게 생기지도 않았고, 제멋대로 자랐지만

내 손으로 키워냈다는 사실을 여실히 알려주는 정감어린 생김새가 좋았다. 이날 흠뻑 젖은 채로 장시간을 떨었더니 남동생과 나는 며칠간 심한 감기로 고생했다. 침대에 누워 앓는 와중에도 신기하게도 나는 기분이 좋았고 수필가 길버트 체스터턴의 말이 자꾸 생각났다. "일을 비록 서툴게 할지라도 진정한 가치는 그 일을 시도하는 데 있다."

수많은 명언과 격언은 청춘에게, 우리에게 '일단 시작해'라고 말한다. 텃밭을 가꾸지 않았다면 과연 자연 그대로의 영양가를 품은 이 감자의 맛을 어디서 맛볼 수 있었을까 싶다.

감자는 수확 후 남겨둔 건강하고 깨끗한 상태의 씨감자로 다시 정식할 수 있다. 그러나 남겨둘 만큼 많은 양을 키우지도 않을뿐더러 좋은 상태로 보관할 자신도 없는 나는 늘 씨감자를 따로 구입해서 심는다. 병충해에 강하고 우량품종이라는 고랭지산 씨감자를 구입한다. 우리나라 감자는 품종에 따라 수미, 대지, 대서, 남작 등의 감자로 구분하는데 주로 속살이 흰 감자다. 최근 들어 일본처럼 보라, 노랑, 빨강 감자도 씨감자로 판매되고 있다.

우리 가족은 전분 함량이 많아 살아나는 그 특유의 포슬포슬한 맛을 지닌 수미감자를 매우 좋아한다. 그래서 주로 수미감자를 키우고 색다른 감자를 키우고 싶은 해에는 홍감자, 보라감자를 키운다. 내년에는 수미감자, 보라감자 두 가지를 동시에 욕심내보려 한다. 돌볼 여력이 될까 걱정이지만 나의 작은 손길보다는 자연의 보살핌이 더 크게 작용하니 자연에 맡겨보련다.

여기서 소개하는 감자 뇨키는 스스무 요나구니 선생님께 세계 요리를 배울 때 처음으로 접했던 요리다. 감자의 쫄깃한 식감을 즐길 수 있어 한동안 푹 빠져 살았다. 이탈리아의 대표 요리로 우리나라에는 밀로 만든 뇨키가 더 많이 알려져 있지만 감자도 많이 이용한다. 그 식감이 우리나라의 수제비와 유사해서 더 끌리는지도 모르겠다.

recipe 13

감자 뇨키

삶은 감자 350g
체에 내린 우리밀 통밀가루 150g
달걀 1개
소금 약간
파마산치즈 가루

소스
생크림 1컵
우유 1컵
양송이버섯
마늘 2쪽
소금 약간
후추 약간

1   감자는 삶은 후 뜨거울 때 으깨준다.

2   체에 내린 통밀가루와 1의 감자와 나머지 재료를 넣고 적당히 뭉쳐질 때까지 반죽한다.

3   2의 반죽을 둥글고 길게 민 후 2~3cm 길이로 잘라 포크로 무늬를 만든다.

4   끓는 물에 2와 소금을 넣고 삶는다.

5   마늘은 편으로 썰고 양송이버섯도 썬다.

6   팬에 올리브오일을 두르고 마늘을 볶다가 양송이버섯을 넣고 살짝 볶는다.

7   5에 준비된 생크림, 우유를 넣어 한소끔 끓이고(여기서 기호에 맞게 소스의 농도를 조절한다), 소금과 후추로 간한다.

8   6의 소스에 삶은 감자를 넣어 섞은 후 한 번 끓어오르면 불을 끈다.

감자와 그린빈스 레몬 마리네이드

감자 2개
그린빈스

마리네이드 소스
레몬 1개(즙, 껍질 모두 필요)
소금 1/2t
엑스트라 버진 올리브유 2T
꿀 1/2T

1 레몬 껍질의 일부를 곱게 채 썰어둔다. 레몬의 과육은 즙을
 짜서 꿀을 넣고 살짝 섞는다.

2 1에 소금을 넣어 녹을 때까지 저어준 후 올리브유를 넣고 섞
 어 마리네이드 소스를 만든다.

3 냄비에 감자를 넣고 감자의 반이 잠길 정도의 물을 넣어
 푹 찐다.

4 감자가 익으면 껍질을 벗기고 알맹이가 살도록 살짝 으깬다.

5 그린빈스는 냄비에 물을 붓고 소금 1t를 넣고 끓인다. 물이
 끓으면 1~2분간 데친다.

6 으깬 감자와 데친 그린빈스가 뜨거울 때 소스와 버무린다.

그린빈스는 껍질째 먹는 콩으로 비타민 A, 베타카로틴
성분의 함유로 노화 방지에 효과가 있으며 눈과 간 건강에 좋다. 그린빈
스는 음성이 강하지만 끓는 물에 데치면 차가운 에너지를 낮출 수 있다.

애착 열매, 참외

수박도 그랬고
참외도 그랬다.

텃밭의 꽃들이 진 자리엔 수박과 참외같이 생긴 작은 미니어처
들이 여기저기서 얼굴을 드러냈다. 크기만 작았지 생김새는 그
대로여서 열매가 맺힐 때마다 "귀여워" 하고 탄성을 자아내게
한다. 다만 완전히 익기 전엔 초록색을 띠고 있다는 사실이 다르
다. 박과의 덩굴식물로 모종 하나에서 수확하는 개수가 현저히
적은 수박과 참외는 귀한 만큼 가져다주는 기쁨과 재미가 배다.

　　모종 하나당 한두 개의 열매만 키우는 게 가장 이상적인 수
확 방법이라 하는데 나는 호기심이 발동해 모종 하나에서 네 개
를 키웠다. 씨앗부터 발아해서 키우면 시간도 오래 걸리고, 그

전에 파종했다가 실패한 전적도 있어 모종으로 안전하게 시작했다. 참외를 키운 지 두 해가 되어서야 중간에 죽지 않고 살아남은 열매를 마주했는데 모종 하나에 세 열매가 동시에 쪼르르 달려 있어 일명 세 자매란 이름을 붙여주었다. 같은 듯 다른 듯, 조금씩 다른 모양새에 첫째, 둘째 언니를 제외한 나머지 세 자매의 모습이 떠올라 나름의 서열도 정해주었다. 물론 가장 귀엽다 생각한 참외는 예외 없이 나였다. 아기 열매일 때는 메말라 죽거나 장마에 녹아내리기 일쑤라 여러 번 자리를 이동시켜주고 지푸라기를 깔아주기도 하는 등 나름의 정성과 노력을 들여야 한다.

그렇게 온갖 정성을 끌어모아 수확한 참외, 당도는 떨어졌지만 아삭함이 살아 있었다. 텃밭 작물은 애정으로 먹는다는 말이 이거구나 싶었다. 나는 육 남매라는 대가족으로 자라온 탓인지 무엇에든 관심이 가면 당연하게 의인화하고 가족으로 삼는 버릇이 있다. 그리곤 자연스럽게 그 대상에 애정과 애착을 쏟는다. 키우는 동안 참외는 내게 친구 같은 존재였다. 어린 시절 이야기를 들어보면, 만화 〈스누피〉의 라이너스가 항상 지니던 이불처럼 나도 이불과 베개에 대한 애착이 강했다고 한다. 무엇인가 잘못해서 혼이 난 날이면 서러운 마음 풀 곳을 찾아 베개에 얼굴을 묻고 나름의 하소연을 하며 울던 기억이 또렷하다. 빨간 베개 색에 귀여운 동물이 가득 그려져 있던 배경무늬도 선명히 떠오른다.

가끔 언니들과 대화하면 어릴 적 유별났던 나에 대한 이야기가 나올 때가 있다. 20대에는 놀리는 것만 같아 매우 언짢아하며 발끈하고는 했는데 이제는 기분 좋게 웃을 수 있다. 무라카미 류의 "상처는 치유하는 것이 아니라 그것으로부터 자유로워지는 것이다"라는 말이 있다. 무엇이 힘들어 모난 모서리마냥 날카롭게 굴었을까? 자연을 만나고 조금씩 스스로를 내려놓는 방법을 알게 되었다. 이제는 하나의 이야기에서 또 다른 이야기가 꼬리를 물고 이어지며 추억 속의 우리를 그릴 줄 안다. 사람의 행복이란 서로 그리워하는 것, 서로 마주보는 것 그리고 서로 자신을 주는 것이다. 흐르는 시간, 자연과 어우러진 시간이 내게 가져다준 유쾌한 변화다.

대롱대롱, 수박

올해는 가을의 끝자락에 왔는데도 여기저기 쩍쩍 갈라지는 가뭄
으로 농작물의 피해가 컸다. 다행히 오늘 내리는 이 비가 조금이
나마 도움이 되었으면 하는 바람이다. 며칠째 비가 이어지고 있
는데 한발 늦은 장마인가 싶을 정도다.

　　매년 내 텃밭의 고비는 장마의 시작과 끝에서 찾아온다. 상
추와 같이 여린 잎을 가진 잎채소는 빗물에 녹아내리기도 하고,
땅속에 얼굴을 묻고 있는 당근, 래디시 같은 뿌리채소는 물러지
기도 하고 이제야 막 풍성한 수확을 시작하려는 고추, 파프리카,
토마토와 같은 열매채소는 까딱하면 병에 걸려 죽어나가기 시

116

작한다. 쌓인 경험만큼 나만의 텃밭 관리에 적합한 방법을 찾아 훨씬 나아졌지만 여전히 장마는 이래저래 신경이 쓰인다. 장마에 녹아내리기 쉬운 수박, 참외와 같은 과일을 키울 때는 더욱 비구름 예보를 예의주시하게 된다.

내 생에 첫 과일 재배는 수박과 참외였다. 지금이야 이리도 확연하게 생김새가 다른데 어떻게 헷갈릴 수 있었나, 나의 눈이 제 역할을 잊은 건가라는 의문이 들 정도지만 당시에는 수박과 참외, 호박 모종의 구분이 어려웠다. 미리 정해둔 수박 자리에 호박 모종을 심는 어이없는 실수를 저지르기도 했다.

한국의 여름 하면 떠오르는 게 수박이지만 막상 우리나라에는 종류가 몇 가지 없다. 도리어 해외엔 다양한 종이 있어 해외 사이트를 통해 몇 가지를 사두었다. 럭비공같이 길쭉한 모양의 블랙 다이아몬드 수박black diamond watermelon, 속살이 노란 알리바바 수박Ali baba watermelon, 속살이 푸른 문 수박moon watermelon 세 가지 씨앗이다. 세상의 모든 수박 씨앗이 어떤지 아직 알 수 없지만, 신기하게도 구입한 씨앗들은 한국에서 구입했던 씨앗 모양과 생김새가 같았다. 나는 작물을 키울 때 무조건 토종 씨앗만을 고집하지는 않는다. 우리나라에서 재배가 가능하다면 다양한 세계의 채소를 내 손으로 키워 보고 싶다.

보통 씨앗은 1년의 유통기한을 가진다. 해외 사이트에선 씨앗으로만 구입할 수 있으니 모종으로 키우는 과정이 나를 설레

게 한다. 흙에서 자연 분해되는 지피포트나 지가피펠렛을 사서 속에 흙을 채우고 그 위에 씨앗을 올린다. 그 위에 다시 슬며시 흙을 덮어 촉촉이 젖도록 물을 흠뻑 뿌려주고 기다린다. 스스로 발아해서 떡잎이 올라올 때까지 흙이 마르지 않도록 주기적으로 물을 준다. 아침에 일어나 눈을 뜨자마자 또는 저녁 퇴근 후 집에 들어서자마자 가장 먼저 들여다본다. 씨앗이 벌어진 틈으로 보이는 떡잎을 조심스레 들어 한참을 바라본다. 작은 씨앗에서 올라오는 떡잎은 경이롭다.

수박 모종을 옮겨 심고 나날이 줄기의 덩굴과 잎은 무성해지는데 아무리 기다려도 꽃이 피지 않았다. 꽃이 피고 져야 열매가 열릴 텐데 꽃이 보이지 않았다. 수박은 줄기가 땅을 기어가며 길게 자라는 특성을 갖고 있다. 수박에 대해 무지했던 나는 밭의 공간을 조금이라도 더 사용하고자 줄기가 위로 올라가게끔 키우고 있었으니, 꽃이 제 시간이 필 리가 없었다. 엉망진창 재배에도 어느 날 드디어 꽃이 피었고 곧 잎사귀 사이에 자리 잡은 아기 열매를 발견했다. 크기만 작을 뿐 둥근 모양과 검정색의 톱니 줄무늬, 다 자란 수박의 생김새를 그대로 가지고 있었다. 시간이 갈수록 줄무늬는 점점 진한 색을 띠었고 무럭무럭 커가는 과정을 지켜보는 일은 마냥 즐거웠다. 말도 안 되는 재배 방식이었지만, 어떻게든 열매를 보고 싶었기에 줄기 사이에 그물망을 받쳐 열매를 대롱대롱 매달아 키웠다. 잘 자라줄지 위태위태한 마음이었는데 장마까지 겹쳤다. 여러 날 이어지는 비에 수박이 녹아내릴까 염려되어 급히 우비를 입고 무사한지 확인하러 나갔다. 아…! 눈앞의 현실을 믿을 수 없었다. 심장이 덜컹, 빗물에 반 이상이 상한 수박이 나를 기다리고 있었다. 이제 거의 다 컸는데… 욕심내지 말고 장마가 오기 전에 수확할 것을… 많은 생각이 오갔다. 멍하니 수박을 바라보던 내 눈에 눈물이 글썽, 끝내 두 뺨에 주르륵 흘러내렸다. 한참을 바라보다가 슬픔 마음을 끌어안고 발길을 돌렸다.

보통 다른 채소들은 모종 하나로 여러 개를 수확하거나 여러 번 반복해서 수확할 수 있다. 하지만 모종 하나에 한 열매만 키울 수밖에 없는 수박이라 아쉬움은 이루 말할 수 없었다. 다신 키우지 않으리라 마음먹었지만 어느새 잊고 2013년 여름, 알맞게 익은 수박의 꼭지를 가위로 자르는 시간을 맞이했다. 기쁨의 눈물은 나지 않았다. 대신 환한 웃음이 떠날 줄을 몰랐다. 밍밍한 맛의 달지 않은 작은 수박 한 덩이였지만 가족이 모두 모인 그날 저녁, 그저 무사히 수확했다는 것에 기뻐하고 감사하며 행복감을 나누었다. 밍밍한 수박 맛엔 내 값진 추억과 행복이 스며들어 더욱 귀한 맛이 되었다.

방울토마토는 은설이 너의 것

토마토는 왜 이리도 맛있냐고
누군가 내게 물어본다면

단박에 대답하긴 어렵다. 다만 빨갛게 익은 토마토는 생글생글한 맛이 없어 손이 덜 가지만, 초록을 머금고 말갛게 익어가는 토마토는 머릿속에 톡 하고 떠오르며 절로 침이 고이게 만든다.

어릴 적 나에게 토마토는 달콤함으로 기억된다. 언니들과 옹기종기 모여 사각사각 잘라낸 토마토에 설탕을 듬뿍 얹어 먹고, 그릇에 남은 토마토의 달달한 국물까지 싹 비워내며 맛있게 먹었다. 지금은 토마토가 갖고 있는 자연 본연의 단맛을 좋아한다.

육 남매의 다섯째인 나는 시집간 언니들이 낳은 조카가 세 명 있다. 내가 대학교에 입학하던 해에 큰언니가 결혼을 했고 한

참 대학 생활을 할 때 두 명의 조카가 생겼다. 그 조카들이 벌써 훌쩍 커서 고등학교 1학년, 2학년이 되었고, 철없는 막내 이모와는 거의 친구처럼 지낸다. 한동네에 살고 있어 텃밭에 손이 부족할 때마다 종종 호출하는데, 자그마한 벌레에도 깜짝 놀라 소리치고 도망가는 여린 소녀들이다. 나 역시 아직도 벌레에 깜짝깜짝 놀라는데 아이들은 오죽할까. 벌레를 무서워하면서도 막내 이모를 위해 기특하게도 함께해준다. 마지막으로 우리 집의 귀염둥이 다섯 살배기 막내 조카는 온 식구의 관심과 사랑을 받으며 자라고 있다.

재작년 여름, 막내 조카에게 텃밭에서 키워낸 방울토마토를 처음으로 주었다. 몇 개 되지 않는 토마토가 담긴 그릇을 통째로 품 안에 두고 오물오물 먹는 그 모습이 어찌나 귀엽고 예쁘던지 저런 딸이라면 하나 낳고 싶다는 생각이 저절로 들 만큼 마냥 예뻤다. 어린 조카의 관심을 받고 싶은 나는 자꾸 장난꾸러기 막내 이모가 되어버린다. 맛있게 먹고 있는 토마토가 든 그릇을 괜히 뺏어와 "한 번 안아주면 돌려줄게" "한 번 업어주면 돌려줄게" 하며 놀리는 재미도 쏠쏠하다. 더 크면 이 방법도 소용없는 날이 오겠지만 그 전까지는 열심히 애용해야지! 누릴 수 있을 때 마음껏 누릴 생각이다.

작년에는 방울토마토를 다섯 개 모종만 키웠는데 대가족이 먹기에는 턱없이 부족했다. 안 그래도 좀 더 심어야겠다 생각하던 차에 오물오물 맛있게 먹는 조카의 모습까지 봐버리니 올해는 작년보다 3배로 양을 늘려 정식했다. 농약 없이 건강하고 예쁘기까지한 토마토를 키워내기란 절대로 쉽지 않다. 힘들지만 우리 가족이 더 많이 먹을 수 있도록, 특히 어릴 적 나처럼 "토마토!" 하고 외치는 어린 조카를 위해서 이 한 몸 불사르련다. 탈무드의 격언이 있다. "남을 행복하게 해주는 것은 마치 향수를 뿌리는 일과 같다. 이때 반드시 당신에게도 향이 묻는다." 그래, 너의 행복은 나의 행복. 방울토마토는 이제 은설이 너의 것.

언니들은 고집 세고 장난기 많은 은설이의 모습이 딱 내 어릴 적 모습이라고 한다. 바로 앞에서는 아니라 부정하지만 나도 인정하는 부분이 있다. 초등학교 시절부터 유난히 떼도 많이 쓰고, 고집 센 성격부터 토마토를 좋아하는 것도 똑같으니 정말로 나와 닮은 점이 많다. 우리 조카들이 막내 이모가 키운 맛난 토마토와 채소를 먹으며 앞으로도 건강하게 자랐으면 좋겠다. 공부도 공부지만 마음이 따스한 사람으로 성장해갔으면 좋겠다.

토마토 가스파초

토마토 2개
파프리카 1/2개
꿀 20g
현미식초 5g
소금 약간
타바스코 10g
얼음 적당량

1 토마토는 열십자로 자른 후 끓는 물에 데쳐 껍질을 벗기고 토마토 씨를 빼준다.

2 1과 나머지 재료와 얼음을 넣고 믹서기에 갈아준다. 기호에 맞게 농도를 조절한다. 진한 맛의 가스파쵸를 맛보고 싶다면 시판하는 토마토 소스를 20g 정도 넣어준다.

적양파를
품에 안다

겨울잠 자는 동물처럼 양파도 추운 겨울을 지내야 따듯한 여름
날 건실한 양파로 태어난다. 내가 사랑하는 당근을 비롯해 양파
와 마늘은 대표적인 월동 채소다.

양파는 흙 위에 바로 씨앗으로 뿌려 키우지 않는다. 미리 씨
앗을 발아시켜 키워낸 모종을 정식한다. 씨앗에서 모종으로 키
워내기까지 대략 50~60일이라는 긴 시간이 걸리고, 병에 쉽게
걸려 많이 죽기 때문에 내가 주로 사용하는 방식이다. 양파 모
종은 실파의 생김새와 비슷하지만 실파보다 더 작고 가늘다. 이
작고 얇은 것에서 양파가 열린다니. 내게는 모든 씨앗과 모종들

이 신비스러운 존재들이지만 유독 양파 모종은 더했다. 장담하건대 양파 모종을 처음 보시는 분은 '정말 이 작은 줄기에서 양파가 자란다구?' 하며 나와 같은 반응을 보이실 것이다. 어느 때보다 생명의 강인함과 자연의 위대함을 느낄 수 있던 순간이었다. 존 버로우즈는 "자연은 말로 가르치지 않고 경험을 준다"라고 했다. 나는 내 눈 앞에 있는 이 가녀린 양파 모종에게서 용기를 배운다. 아기 실파처럼 보이는, 가녀리면서 귀여운 모양새! 아기같이 귀여운 양파 모종의 성장 과정을 생생하고 세밀하게 두 눈에 새겨 기록하고 기억하고 싶다.

본격적인 월동 준비는 배추와 무를 수확하고 난 직후인 11월에 시작한다. 텃밭에 모종을 심고 추운 겨울을 날 수 있도록 작은 비닐하우스 형태로 덮어주거나 쌀겨나 지푸라기를 덮어주어 추위를 이겨낼 수 있도록 보호해준다. 나는 주로 활주를 세우고 두꺼운 비닐을 덮어 쁘띠 비닐하우스를 만든다. 그러면 겨우내 내린 눈과 빗물이 땅속에 스며들어 알아서 물을 주고 비닐 안에 맺힌 물방울이 물을 준다. 소량 재배이기에 가능한 방법이라 생각한다.

양파 재배 첫해엔 일주일에 한 번은 꼭 물을 주어야 하는 줄 알았다. 바빠서 못간 날엔 혹여 말라 죽지 않을까 밤새 뜬눈으로 지새우기도 했다. 다음 해엔 경험자라는 마음의 여유가 생겼는지 물 한 번 주지 않고 보냈는데 한두 개를 세외하고는 튼

실하게 자라주었다. 그 이후로는 겨울에 일부러 물을 챙겨서 주지는 않는다.

새싹이 돋아나는 봄이 오기까지 내가 몸을 움직이며 해야 할 일은 없다. 그저 잘 자라길 바라는 바람을 실어 추운 겨울을 이겨내라고 응원하고 기다릴 뿐이다. 데이비드 브룩스의 말처럼 우리는 모두 삶이라는 긴 여정에서 용기를 북돋아주고, 일깨워주고, 영감을 줄 존재를 필요로 한다. 내게 양파가 그렇다. 양파는 차디찬 겨울을 온전히 스스로의 힘으로 버텨낸다.

양파는 언제 보아도 파 같기만한 잎의 끝이 녹색 빛을 잃어가기 시작하며 쓰러지는 6월과 7월 사이에 수확한다. 양파가 다치지 않도록, 흠집이 생기지 않도록 주변의 흙을 살살 치워주고 쏙 뽑아낸다. 길쭉하게 자란 양파를 수확하던 날, 언제나와 같이 'So exciting!'을 외치며 흥분했다. 나에게는 이 모든 과정이 미스테리한 경험이며 신기한 경험이다. 첫해엔 일반 양파를 키웠고 다음 해에는 자색양파를 키우는 방식으로 번갈아가며 키우고 있다. 내년에는 텃밭을 늘려 두 가지를 동시에 재배해보려고 한다. 둘 다 요리용으로 그만이지만 일반 양파가 요리에 깊은 맛을 더해준다면 자색양파는 덜 맵고 단맛이 많아 샐러드로 먹기에 좋다.

여기서 소개하는 칼조네는 10년 전 이탈리아에서 먹었던 그 맛을 기억하며 종종 만들어 먹는 요리다. 굳이 뒤에서 소개한

레시피의 속재료를 넣지 않아도 괜찮다. 원하는 재료로 속을 빵빵하게 채워 만드는 간단한 이탈리아식 만두라고 보면 된다. 이탈리아에서는 비빔밥 같은 한 그릇 음식으로 속을 든든하게 채워줘 한 끼 식사로 애용된다. 샐러드와 곁들여 식탁에 내어놓으면 겉은 소박하지만 잘랐을 때 슬며시 보이는 다양한 재료들에 감탄이 나오는 음식이다.

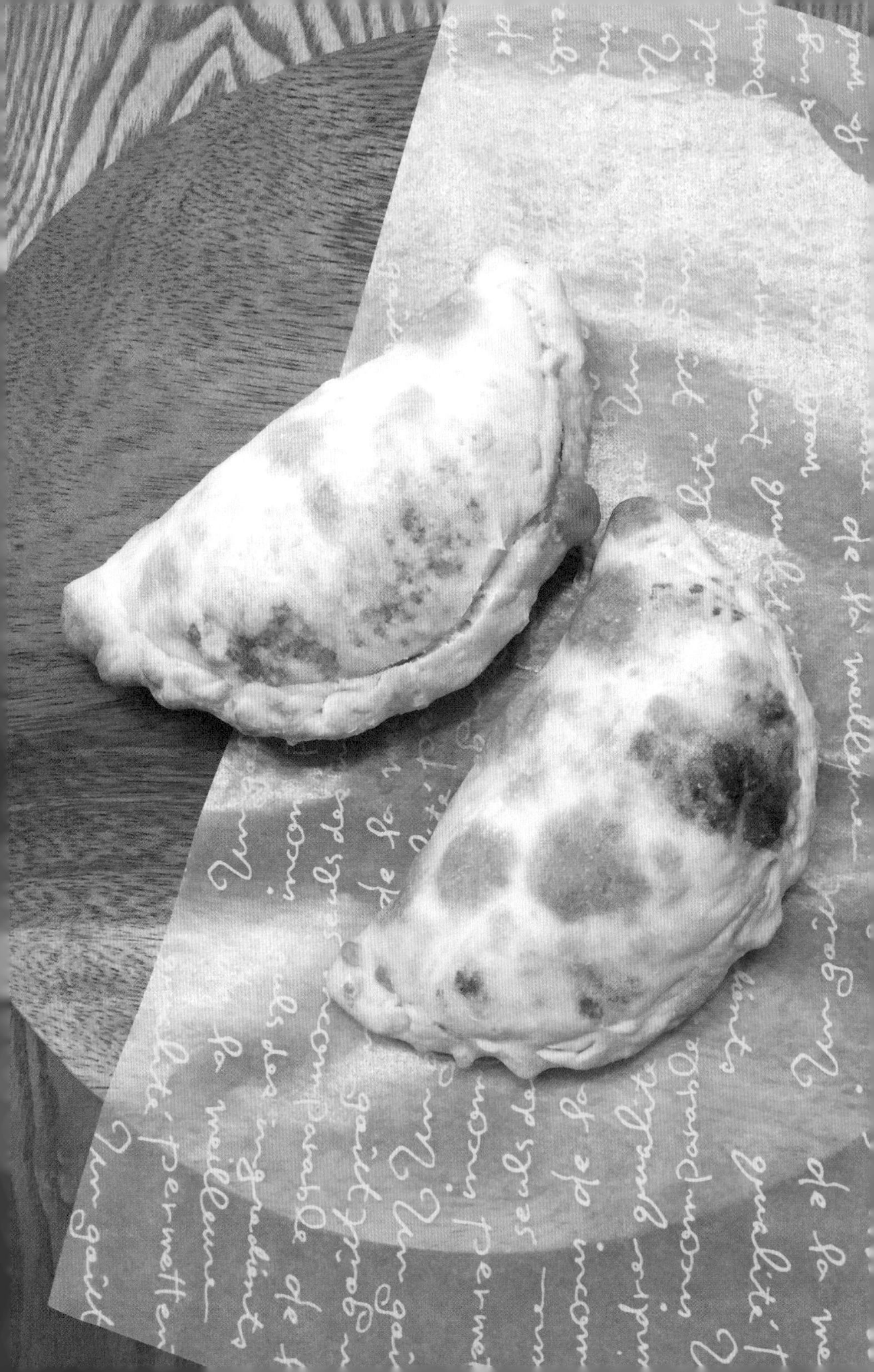

양파 칼조네

반죽
우리밀 통밀가루 300g
물 160g
소금 5g
쌀눈유 10g

충전물
양파 1개
가지 1/2개
단호박 또는 버섯 적당량
마늘 3쪽
올리브오일 약간

토마토 소스
모차렐라치즈 적당량

1 통밀가루는 체에 한 번 내린 후 물, 소금, 쌀눈유를 넣어 반죽해 냉장고에서 30분 휴지한다.

2 양파, 가지, 단호박은 납작하게 썰고 마늘은 편으로 썬다.

3 팬에 올리브오일을 두르고 마늘을 볶아 향을 내준다.

4 3에 단호박을 넣고 1/3정도 익으면 양파, 가지를 넣어 섞이는 정도로만 볶아준다.

5 1의 반죽을 밀고 반죽의 반에만 토마토 소스와 볶은 채소를 올리고 치즈를 얹어준다.

6 5의 반죽을 반으로 접고 끝부분을 2cm가량 접어 올려 마무리한다.

7 오븐에서 175도로 15~20분간 구워준다.

오이 풍년

여자에게 새 옷이 필요한 시기는
나이를 불문하고 웃음이 날만큼 똑같다.

인생에 크고 작은 행사가 있을 때, 계절이 바뀔 때다. 어린 시절
엔 주로 소풍, 수련회 등 학교 행사 때라고 말할 수 있겠다. 이
시기가 오면 맞벌이 부부였던 부모님은 두 분 중 시간 내기가 수
월한 사람을 막내딸의 코디네이터로 보냈고, 주로 나의 코디네
이터는 아빠였다.

어른이 되어 생각해보니 아빠는 딸에게 어울리는 게 무엇
인지 정확하게 알고 계셨다. 밝고 선명한 색상의 옷을 골라주셨
는데 지금도 내가 가장 좋아하는 색상들이다. 그중 빨간색, 파란
색, 노란색, 보라색을 유난히 사랑한다. 사실 나는 봄에 흐드러

지게 피어나는 샛노란 개나리가 싫었다. 충분히 매력덩어리인 노란색이지만 마냥 촌스럽게 느껴졌다. 그러던 어느 날 텃밭에서 노란 오이꽃을 만났다. 분명 개나리처럼 촌스러운 노란색인데 이상하게도 예뻐 보였다. 이후 나에게 세상의 모든 노란색은 제일 좋아하는 색이 되었다. 씨앗을 뿌리거나 모종을 심지도 않았는데 내 텃밭으로 떨어진 신통방통한 오이꽃이 가을이 오기 전까지 대롱대롱 매달려 내게 오이를 수확하는 기쁨을 누렸다.

오이는 4월에 파종하거나 정식한다. 빠르면 6월부터 수확이 가능한 여름 채소라고 하겠다. 덩굴손이 나와 주변의 물체를 감으며 위로 자라기 때문에 반드시 지지대를 세워줘야 한다. 오이는 처음부터 자랄 때까지 물을 많이 필요로 하는 작물로, 제시기에 물이 부족하면 둥글게 말려 자란다. 쑥스럽지만 우리 텃밭엔 둥글게 말린 오이들이 많다. 다 못난 주인 때문이지만 내 손으로 키웠으니 이리도 맛날 수가 없다.

쉽게 만나 잘 자랄 줄만 알았던 오이는 처음부터 풍성한 수확을 하지는 못했다. 오이의 잎과 줄기에 마치 하얀 밀가루를 뿌려 놓은 것 같은 백색의 분상이 생기고 끝내는 말라서 죽게 되는 병충해를 마주쳤기 때문이다. 이 병충해는 통풍이 불량할 때 많이 발생하는데 잎과 줄기가 퍼져나갈 공간을 예상하지 않고 많이 심었던 탓이었다. 많이 수확하겠다는 욕심이 앞섰더니 오히려 병충해에 걸려 죽이고 말았다. 그 이후로는 적당한 간격을 두

고 키우니 매년 수확하는 양이 늘고 있다.

　20대에는 첫인상만으로, 나만의 잣대로만 사람을 판단했다. 나랑 맞지 않다 싶으면 더 이상 다가오지 못하도록 또렷한 선을 그으며 살았다. 인간관계뿐 아니라 비즈니스 관계에서도 똑같이 굴었다. 의견이 다르면 무조건 나와 맞지 않는 사람으로 생각했고, '왜 저렇게 살까?' 하는 마음이 커 다름을 받아들일 줄 몰랐다. 아무리 내 성에 차는 가족, 연인, 친구라도 종종 노력이 필요한 순간이 있었는데 자꾸만 내 생각과 감정에만 치우쳐 견디기 어려웠다.

　텃밭을 가꾸며 알게 된 점은 작물은 저마다의 순리대로 자라며 관심을 쏟은 만큼 자란다는 것이다. 단 하나의 재배 방법만이 유일하고 올바른 방법이 아니라 그만의 살아가는 방식이 있었다. 각기 다른 작물들의 삶을 궁금해하고 관심을 쏟다 보니 자연스레 내 관계에도 이해의 폭이 넓어졌다. 물론 지금도 성향이 반대인 사람과 친해지려고 억지로 노력할 필요는 없다고 생각한다. 나와 통하는 사람들과 함께하기에도 짧은 인생이다. 그러나 다른 삶을 인정하는 마음은 치켜뜬 내 눈을 반달로 만들어주었고, 불안하고 조급했던 마음에 편안함을 선사해주었다. 관계의 친밀함은 덤으로 따라왔다.

　요즘엔 초록색에 눈길이 간다. 개인적으로 감흥 없던 색이었지만 왜 초록색이 안정감과 휴식의 효과를 준다고 하는지 푸르른 초록 물결에 살다 보니 몸소 느끼고 있다. 그래서일까 꽃 시장에 갈 때 마다 늘 화려한 꽃만 보던 내가 요즘은 유칼립투스와 같은 정돈된 느낌의 초록색에 눈길을 빼앗길 때가 많다. 시인 루이는 "마음의 길을 따라 걸어가라. 빛이 쏟아져 걸음마다 변화하는 그곳을 여행할 때 그대 역시 변화할 것이다"라고 말했다. 정말 딱 맞는 말이다.

오이 초밥

오이 2개
소금물(소금과 물 1:1)
밥 200g
단촛물(소금 1T, 설탕3T, 식초 6T)
크래미 100g
마요네즈 1T
소금 약간
후추 약간

1 깨끗이 씻은 오이는 물기를 제거하고 필러를 이용해 가늘게 벗겨낸 후 소금물에 10분 정도 절여준다.

2 다진 크래미가 뭉쳐질 정도로 소량의 마요네즈를 넣고 소금, 후추로 간을 한다.

3 뜨거운 밥에 단촛물을 넣어 섞는다.

4 절인 후 물기를 뺀 오이를 둥글게 말아 3의 밥을 넣어 채우고 위에 2의 재료를 얹어준다.

추억의 맛, 고구마

고구마는 고구마 순으로
심어야 한단다.

좋아하는 시장 구경도 할 겸 장바구니 하나 들고 시장 나들이를
나섰다. 그런데 사려던 고구마 순 한 묶음의 양이 너무 많아 살
엄두가 안 났다. 고민하다가 내 손으로 고구마 순도 키워보자는
생각을 하게 되었다. 마침 큰언니 시댁 어르신께서 농사지어 보
내주신 고구마가 눈에 띄었고, 실한 녀석들을 몇 개 골라 고구마
를 물에 담그고 햇빛이 잘 들어오는 안방에 놓아두었다. 상토에
서 싹을 틔워야 하지만 공간의 한계로 물을 이용했는데 다행히
싹이 올라왔다. 25~30센티미터 정도로 싹이 자랐을 때 고구마
순을 잘라 텃밭에 옮겨 심었다.

텃밭에 옮겨 심고 서너 달쯤 지나자 내 결단을 축하라도 해주듯 고구마 줄기와 잎은 무성하게 자랐다. 땅속의 고구마가 얼마나 실하게 자랐을지 눈으로 확인할 방법은 없었으나 겉으로 봐서는 이 텃밭의 영양분을 고구마가 다 흡수하나 싶을 정도였다. 무성하게 자란 고구마 줄기와 잎은 고구마알을 수확하기 전까지 계속 따서 먹을 수 있다. 그래서 한동안 고구마줄기나물은 우리 집 밥상에 김치 나오듯 올라왔다.

자색고구마는 시력에 좋은 안토시아닌이 풍부하고 섬유질이 많아 영양은 물론 건강에 좋고 달달해 찌거나 구워도 맛있지만 생으로 먹어도 그 맛이 일품이다.

나는 농장 체험학습이 없던 학창 시절을 보냈기에 텃밭을 시작하기 전까지 고구마 수확은 해본 적이 없다. 요즘 아이들은 당연해진 체험학습 덕분에 고구마 한 번쯤은 다들 뽑아본 듯하다. 수확 철이 되어 당근처럼 쏙 뽑아내면 되겠지 하는 생각으로 고구마 줄기를 잡고 들어 올리는데 이상하게도 꿈쩍을 하지 않았다. 뽑는 요령을 생각할 겨를도 없이 무조건 온 힘을 실어 뽑았더니 고구마가 두 조각으로 나누어져 반은 땅 속에, 반은 내 손에 놓여지는 사태가 일어났다. 요령이 아닌 힘으로 밀어붙이니 끊어질 수밖에 없었다. 그제야 주변의 흙을 살살 옆으로 밀치며 캐내야 한다는 사실을 알게 되었다.

더운 여름을 잊어버리게 할 추운 겨울이 오면 엄마가 간식으로 쪄주셨던 달달한 고구마가 간절해진다. 지금은 클릭 한 번이면 사시사철 맛 좋은 고구마를 먹을 수 있는 시대다. 하지만 겨울 간식으로 비축해놓았다가 꺼내 먹었던 추억의 맛은 절대로 따라 갈 수가 없다. 매서운 겨울 날 따뜻한 방바닥에 앉아 갓 쪄낸 따끈따끈한 고구마 위에 알맞게 익은 김장 김치를 손으로 잡고 길게 쭉 찢어 지긋이 올리고 한 입 베어 문다. 따뜻하다 못해 입천장이 델 정도로 뜨거운 고구마는 호호 불어 한 김 식혀 먹으면 좋을 만도 한데, 잘 익은 아삭한 김치의 차가움과 뜨거움이라는 눈물나게 아름다운 조화를 도무지 놓칠 수가 없다. 이 맛을 음미하고 나면 시원한 동치미 국물이 기다리고 있다.

서른의 중반을 달리고 있는 지금, 여전히 내 마음 속 최고의 고구마가 엄마표인 이유는 자식을 위한 정성어린 마음이 들어갔기 때문이라고 생각한다. 톨스토이 역시 "정성과 마음을 다하는 태도는 영혼과 관계가 있다"라고 말했다. 그동안 왜 이 맛을 잊고 지냈을까? 점점 늘어나는 군살은 잠시 잊고 올 겨울에는 고구마와 김치라는 환상의 궁합을 기대해야겠다.

자색 고구마 칩

자색 고구마 3개
소금 적당량
튀김용 기름

1 깨끗이 씻은 고구마는 껍질을 벗기지 않고 그대로 얇게 썬다.

2 썬 고구마를 찬물에 헹구어 전분을 빼주고 물기를 제거해
   준다.

3 팬에 기름을 넉넉히 두르고 3의 고구마를 바삭하게 튀겨
   준다.

4 튀긴 고구마가 식기 전에 기호에 따라 소금과 함께 골고루
   섞어 간을 한다.

내겐 너부 까다로운 옥수수

세계 3대 작물 중 하나인 옥수수는
우리 가족 3대 간식이기도 하다.

사계절 내내 찐 옥수수를 달고 사는 가족인지라 나의 첫 옥수수 재배는 망설임 없이 시작되었다. 옥수수는 다른 작물에 비해 풀 걱정도 없고 병충해에 꽤 강해 재배하기 손쉬운 작물로 알려져 있다. 하지만 나에겐 까다롭기 그지없는 옥수수였다. 벼과인 옥수수는 5월에 정식해 7월에 수확한다. 정식한 후 2주쯤 지나면 대나무처럼 튼튼한 줄기가 위로 쭉쭉 자라는데, 뿌리도 함께 발달되어 밖으로 점차 드러나게 된다. 그러면 뿌리를 보호하고 쓰러지지 않도록 잡아주기 위해 흙으로 덮어주는 북주기를 하는데, 눈앞에 보이는 옥수수 뿌리는 듬직한 줄기와 달리 상당히 징

그러워 자꾸만 얼굴을 찌푸리게 만들곤 했다. 은은한 연두색을 보이던 수염이 점차 붉은 수염으로 변하면 바로 TV 광고로 봤던 옥수수수염차를 우려낼 수 있다. 수확을 앞둔 옥수수는 수염이 마르며 짙은 색으로 변하기 시작하는데, 이때 수확하지 않으면 알맹이가 딱딱해져 씹는 일이 고통인 맛없는 옥수수가 되어버린다. 또 수확이 빨라도 옥수수자루에 옥수수알이 꽉 차지 않아 아쉬움만을 남기게 된다. 더군다나 옥수수는 수확한 직후부터 점차 당도가 떨어지기 때문에 적기에 따서 바로 먹어야 최고의 달콤함을 맛볼 수 있다. 평생 한 번도 옥수수를 키워보지 않은 사람은 갓 수확한 옥수수의 단맛을 절대로 알 수 없다.

그런데 '수염이 말라갈 때 수확하라'는 지침은 도무지 가늠하기가 어려웠다. 이 지침이 너무 애매해 농장 아저씨께도 여쭈어보고 책도 찾아보고 인터넷 검색도 했지만 도통 그 의미를 알 수 없었다. 그런 탓에 '며칠만 더 기다려보자' 하다 보니 그만 수확의 적기를 놓쳐버리고 말았다.

지금 생각하면 민망하다 못해 절로 헛웃음이 나온다. 딱딱하고 맛없는 옥수수를 키운 나야 엉터리 맛을 당연히 감내할 수 있지만 가족들은 무슨 죄란 말인가? 단단한 옥수수를 꼭꼭 씹으며 먹어주던 가족들의 모습이 떠올라 얼굴이 화끈해진다. 유난히 옥수수를 좋아하는 우리 가족은 사계절 내내 간식으로 찐 옥수수를 달고 산다. 잔뜩 들뜬 마음으로 에코백 한가득 옥수수를 수확하고 평상시대로 쪘다. 그런데 평소 먹었던 옥수수가 아니었다. 알갱이가 단단해서 그런가 하고 좀 더 시간을 더해 쪘지만 소용이 없었다. 이것이 진정 옥수수 맞는가? 표현할 길 없는 맛이었다. 우리 가족은 비록 맛있는 표정은 아니었지만, 묵묵히 먹어주었다. 텃밭에 가기 전부터 온 집안에 설렘을 뿌리고 다닌 막내딸이 실망하지 않도록 감싸준 가족들의 마음이 전해졌다. 올해는 반드시 적기에 수확해 달달함을 듬뿍 머금은 최고의 옥수수의 맛을 전해줄 것이다.

아래 소개하는 옥수수 크로켓은 이왕이면 통조림 옥수수보다는 찐 옥수수로 만들어 드시길 권한다. 찐 옥수수로 만든 크로켓은 탱글탱글한 옥수수알 식감이 일품인데, 통조림 옥수수는 절대로 이 맛을 따라올 수 없다.

옥수수 크로켓

찐 옥수수 100g
양파 1/2개
게살 50g
마요네즈 2T
레몬즙 3T
라이스페이퍼 6장
소금 약간
후추 약간

튀김옷
빵가루 150g
달걀 1개

튀김용 기름 적당량

1   찐 옥수수를 알알이 털어 준비한다.

2   양파는 다져 찬물에 한 번 헹구어 물기를 제거하고 게살도 다져준다.

3   1과 2, 마요네즈, 레몬즙을 골고루 섞고 소금, 후추로 간을 한다.

4   라이스 페이퍼에 3의 재료를 얹고 말아준다.

5   4에 달걀물, 빵가루 순으로 입혀 노릇하게 튀긴다.

3부

—

가

을

가을의 길목, 목화

설렘과 두근거림으로
시작한 어떤 일이든

어느새 익숙해질 대로 익숙해져 첫 마음을 잃어버리고 마는 때가 있다. 텃밭과 함께한 6년 동안 나에게도 그런 시기가 찾아온 적이 있다. 그때마다 새로이 만난 작물들은 살포시 느슨해지려는 내 마음을 호기심 많고 설렘 가득한 첫 마음으로 되돌려주는 역할을 했다. 목화는 그렇게 새로움을 찾던 시기에 만났다.

언뜻 보면 솜뭉치 같았던 목화 씨앗. 이 씨앗을 하루 정도 물에 불린 후 작은 모종으로 키워 텃밭에 정식을 했다. 그런데 이 시기가 좀 늦어졌다. 적어도 3월에서 4월 초에는 텃밭에 심어야 했는데, 한 달 늦은 4월에 모종을 키우기 시작했더니 이후의

159

과정도 꼭 한 달씩 늦어지고 말았다. 목화는 한해살이 식물로 수확까지는 7~8개월의 오랜 시간을 기다려야 한다. 그래도 10월 중순에는 활짝 핀 목화솜이 보여야 했는데 11월이 다 지나도록 아무 소식이 없었다. 그러던 중 가느다란 줄기가 빛을 잃어가던 그때, 줄기 끝에 다소곳이 매달린 다래라는 이름의 열매 속에서 목화솜을 만나게 되었다. 다래란, 아직 목화솜이 피지 않은 상태의 목화 열매를 말한다. 한 달만 더 빨리 정식했다면 활짝 터져 나온 목화솜을 만났을 터였다.

맞잡은 두 손만한 크기의 작은 화분에서 자란 목화 모종은 조금 늦은 시기였지만 나의 텃밭에서 무럭무럭 자랐다. 농장에 가면 가장 먼저 얼굴을 내밀며 관심을 주었고, 갈 때마다 건강히 자라는 모습에 기뻐 한참을 서성이곤 했다. 여기서 열린 목화솜으로 이불, 베개를 만들어야지 되뇌이기도 하고, 사람 손바닥 같이 펼쳐진 잎이 귀여워 손을 마주 대어보기도 하고. 한지처럼 하늘하면서도 강인함을 지닌 청초한 목화 꽃에 감탄하기도 했다. 고지식하게 보일지 모르지만, 학창 시절 역사책에서 배웠던 삼우당 문익점의 목화를 내 손으로 꽃 피웠다는 것은 내게 또 다른 세상을 선사해주었다. 그런데 막상 키워 보니 알았다. 이불솜을 만들기 위해 첫 번째로 해야 할 작업이 수많은 목화나무를 키우는 일이란 사실을. 그러나 포기하지 않으리라. 세 그루로 시작했지만 꾸준히 늘려나가면 언젠가는 내 아이를 위한 작은 목화솜

베개 하나 정도는 만들 수 있겠지.

비록 줄기마다 몽글몽글 부풀어오른 목화솜을 보지는 못했지만 즐거움과 행복감이 큰 시간이었다. 오고 가는 어르신들이 목화를 알아보시곤 반가워하시던 모습이 덩달아 신기했다. 꽃은 목화가 제일이라는 속담처럼 목화는 여러모로 쓸모가 많다. 따뜻한 솜도 주지만, 솜이 맺히기 전의 다래는 먹기도 했고, 솜을 빼고 나오는 씨앗은 식용유와 빨랫비누로 만들 수 있다고 한다. 특히 꽃이 지고 엄지손가락 한 마디 만큼 자란 다래는 껍질을 벗겨 속 그대로 먹으면 단맛이 난다고 한다. 사실 내가 목화를 키워보겠단 생각을 하게 된 계기는 엄마다. 어린 시절부터 엄마는 면이 몸에 좋다는 말을 자주 하셨고, 그 한없는 면 사랑을 듣고 자란 덕분에 피부에 와 닿는 면의 장점을 자연스럽게 알게 되었다. 지금은 나도 엄마처럼 면의 좋은 점을 주변 사람들에게 설파하며 살아간다. 덕분에 종종 "나와 목화의 만남은 정해져 있었나봐" 하고 우스갯소리를 하기도 하지만, 진심으로 하는 말이기도 하다.

나의 목화 재배는 여기서 끝이 아니다. 벌써부터 다시 시작할 목화 파종의 셀렘과 수확의 짜릿함을 즐기고 있을 내가 그려진다. 내년에는 적기에 파종해서 보송한 목화솜과 마주하고 싶다. 그리고 텃밭을 오가는 어르신들께 추억의 향수를 다시 한 번 건네드리고 싶다. 나처럼 '목화'라는 단어 자체가 생소한 젊은 세대에게도 다른 세상을 만난 것 같은 이 놀라운 경험을 간접적으로나마 나누어 주고 싶다. 자연을 만나고 한층 마음의 그릇이 넓어진 나다. 앞으로 얼마나 더 넓어질 수 있을까. 각박한 세상에 소박하지만 넓고 따뜻한 그릇이 되련다. 여기에 오랜 시간 함께한 수첩에 적어둔 헤르만 헤세의 말을 써넣는다. "그대의 생활은 그대 자신이 거기에 의미를 부여하려고 노력하는, 꼭 그 노력만큼의 의미를 갖는다."

비트, 칭찬의 힘

하루는 단골 종묘상에 방문했다가
계획에 없던 비트 씨앗을 샀다.

따뜻한 봄바람이 찾아오면 나는 종묘상에 간다. 봄마다 치르는 나만의 소소한 연중행사다. 이때마다 다양하고 희귀한 씨앗들의 유혹을 물리치기란 쉽지 않다.

그렇게 구한 비트 씨앗을 심었더니 기대 이상으로 매우 실하게 자랐다. 흙 위로 솟아난 파릇파릇한 잎 덕에 흙 속 열매의 튼실함은 안 봐도 알 수 있는 정도였다. 드디어 수확의 날, 비트는 나의 커다란 비명 소리를 배경음악 삼으며 땅 위로 쏙 하고 뽑혀 나왔다. 쌀 한 톨보다 작은 씨앗에서 성인 남자의 주먹만 한 크기로 자란 탱글탱글한 비트였다. 뜨거운 감동과 함께 작년에 수확했던 비쩍 마른 비트가 떠올랐다.

　몇 년 전만 해도 비트 씨앗은 해외 사이트에서나 구입할 수 있었다. 첫해에는 해외 사이트를 뒤져 어렵게 구한 노란비트와 적비트를 심었는데, 말라비틀어졌다는 표현이 딱 들어맞았던 비트를 수확했다. 하지만 열매는 차치하고 초록의 잎을 수확한 자체만으로도 내게는 근사한 경험이어서 언제나와 같이 비트 이야기를 블로그에 올렸다. 분명 잎만 있고 열매는 없었던 이상한 수확이었지만 누구도 나의 실수를 들추어내지 않고 생소한 채소를 키운 것에 칭찬해주시며 진심으로 다음 번 재배를 응원해주셨다. 자칫 딱딱해 보이는 온라인상에서 훈훈한 격려를 나누는 감사한 이웃들이다.

　첫 수확의 명확한 실패 이유는 잘 모르겠다. 두 번째 심었던 비트와 유일하게 다른 점이 있다면 해외 사이트에서 구입했다는 점이다. 그 외에 내가 한 일은 주변에 자라는 잡초를 열심히 제거해주고 물과 사랑을 듬뿍 준 것 뿐이다.

　자연과 친해지고 내가 얻은 선물은 여유다. 20대에는 단점은 절대 드러내선 안 되는 것인 줄 알았다. 그렇게 살아가려니 스스로에게 매우 엄격했고 타인에게 감정을 잘 표현하지도 못했다. 주변 사람에게도 나만의 잣대를 내밀었다. 돌아보면 남에게 칭찬받기 위해 인정받기 위해 그렇게도 나를 모질게 단련시키고는 정작 자신은 물론, 잘하고 있는 남도 인정하지 않았던 것 같다. 그래서 그렇게도 나의 20대 시절이 힘들었나 보다.

　여전히 나에겐 단점이 있다. 하지만 분명히 같은 자리에 장점도 존재하고 있음을 안다. 마음속에 장점이란 지지대를 단단히 받쳐놓고 단점을 예쁘게 다듬어가고 있다. 이제는 내 마음을 속에만 담아두지 않고 자연스럽게 밖으로 꺼내는 법을 안다. 내가 편안해지니 주변 사람들도 그런 나를 더 편안하게 바라본다. 내 기분이 좋으면 나와 함께하는 상대방에게도 좋은 기운이 전해진다. 그러니 점점 더 내 삶과 주변을 느긋한 마음으로 바라보고 싶다. 텃밭을 가꾸며 만난 새싹들은 내게 더불어 살아가는 삶의 의미를 하나하나 알려주고 있다.

비트 주스

비트 1/4개
사과 1개
물 1/2컵
레몬 1/4개
꿀 적당량

1 비트는 깨끗이 씻어 껍질을 벗긴다.

2 사과는 껍질째 씻어 둔다.

3 손질한 비트와 사과, 물 1/2컵을 함께 간 후 레몬즙을 짜서 섞어준다.

4 기호에 맞추어 꿀을 적당량 넣는다.

달곰쌉쌀 콜라비

~~~~~~~~~~

나는 북적북적 사람 사는 냄새 가득한
재래시장을 좋아한다.

바로 집 앞에 웬만한 건 다 있는 마트가 있지만 재래시장에 가
면 좀 더 싱싱한 채소와 더 맛있게 잘 익은 과일을 살 수 있다.
또 그 활기찬 분위기! 삶의 생동감이 진하게 느껴지는 그곳은
나의 활력소가 된다. 무거운 짐을 들어야 하는 수고로움을 감수
하고도 낑낑거리며 장을 보는 이유다. 어느 날에는 집으로 가는
길을 일부러 빙 둘러 시장을 지나오기도 한다. 가끔 서비스라도
받는 날엔 한껏 기분이 좋아져 날아다닐 것만 같다. 이런 소소
한 행복감이 좋다.
　　시장에 줄지어 선 여러 채소 가게는 나의 열린 학문의 장이

다. 다채롭게 진열된 싱싱한 채소 중 아직 내가 모르는 새로운 채소가 있는지 늘 유심히 살펴보게 된다. 보라색 색감이 예쁜 자색콜라비도 그렇게 만났다. 간단히 말해 콜라비는 양배추와 순무가 합쳐진 채소다. 양배추와 순무를 교배시킨 알칼리성 채소로 섬유질이 풍부하고 비타민C의 함유량이 상추나 치커리에 비해 4~5배 높다. 수확할 시기가 다가오면 줄기가 알처럼 비대해지는데 이 알줄기가 콜라비다. 둥근 무처럼 생기기도 한 콜라비는 달달한 가을무와 비슷한 단맛을 가지고 있으면서도 매운 맛은 덜해 생으로 먹어도 좋다. 무말랭이같이 말려서 무쳐 먹거나 피클, 깍두기로 담가 먹고 얇게 채 썰어 샐러드로 먹기도 한다. 또 잎은 생즙으로 짜내 마시거나 쌈채소, 샐러드로도 먹을 수 있어 버릴 것이 없는 알뜰한 채소이다.

콜라비는 두 가지 종류로 청콜라비와 자색콜라비가 있다. 시장에서 만난 자색콜라비를 시작으로 연두색을 품은 청콜라비도 키우게 되었다. 첫 수확은 엉망이었다. 수확 시기를 꼼꼼히 체크해두지만 다양한 채소를 함께 키우다 보니 놓칠 때가 종종 있다. 그런데 콜라비는 조금이라도 수확 시기를 놓치면 알줄기의 겉이 나무처럼 딱딱해지는 목질화가 진행된다. 아니나 다를까 조금 늦었던 수확 날 겉껍질을 당겼더니 칼로 깎지도 않았는데 겉껍질이 뚝뚝 떨어졌다. 상상해보시라, 당혹스러운 웃음이 절로 나온다. 나와 같은 실수만 하지 않는다면 콜라비는 키우기

쉬운 작물이다.

　요즘은 어디서든 쉽게 볼 수 있는 콜라비지만, 내가 수확할 당시엔 텃밭 재배는 물론이고 시중에서도 아직 낯선 채소였다. 막상 힘들게 콜라비를 수확하고 나니 이제는 '어떻게 해먹지?' 라는 고민이 생겼다. 블로그 이웃 분들께 여쭈어도 모르는 건 마찬가지였다. 도리어 생소한 작물을 궁금해하시며 요리 비법에 관한 질문만 들어왔다.

　해 아래 새로운 것이 없다는 말처럼 레시피 개발 역시 기존의 요리를 응용할 때 새로운 요리가 탄생된다. 순서는 간단하다. '콜라비가 어떤 채소와 비슷하지?'란 생각부터 시작했고, 무와 비슷한 특징을 갖고 있기에 고등어조림과 무생채에 무 대신 콜라비를 넣어보았다. 결과는 대만족! 단맛도 단맛이지만 무보다 연한 식감을 가진 콜라비는 익숙하지만 새로운 맛을 느끼게 해주었다. 또 시험 삼아 콜라비 깍두기도 담가보았는데 무보다 달달한 그 맛이 좋아서 적극 추천드리고 싶다. 또 콜라비의 시원한 맛을 극대화할 주스도 추천한다. 배와 사과와 함께 갈아 마시면 맛도 좋고 변비에도 효과적이다.

　새로운 레시피를 개발하기까지 여러 번 때로는 수 십 번의 시도를 한다. 그 과정이 결코 쉽지는 않지만 마음에 쏙 드는 맛있는 요리가 완성되면 그 뿌듯함은 말로 다 표현할 수 없다.

콜라비 사과 샐러드

콜라비 100g
사과 100g
크랜베리 50g
호두 20g

소스
껍질 벗긴 사과 20g
플레인 요거트 5T
사과식초 1t
아몬드 슬라이스 약간

1 콜라비는 껍질을 벗기고 4~5cm 길이로 채 썬다.

2 사과 80g은 껍질을 벗기지 않고 4~5cm 길이로 채 썬다.

3 사과 20g은 껍질을 벗기고 식감이 살아 있는 정도로 간다.

4 3의 사과에 나머지 소스 재료를 모두 넣고 섞는다.

5 채 썬 콜라비와 사과 위에 3의 소스를 뿌리고 크랜베리, 호두를 얹어준다.

나와 너무도 닮은 호박

호박을 키울 때는
일부러 모종을 사서 정식한다.

처음 호박을 키울 때 텃밭에 바로 씨앗을 뿌렸더니 90퍼센트 이상이 싹을 보여주지 않았다. 직접 모종도 키워봤지만 집에선 햇빛의 양이 부족해 줄기만 위로 웃자라기만 하다 죽기 일쑤였다. 비싸면 좀 다를까 하는 마음에 구하기 어려운 토종 호박이나 가격이 비싼 호박 종류로 모종 키우기를 여러 번 시도했지만 번번이 실패로 끝났다. 그래서 지금 내게는 잘 자란 모종을 사서 키우는 방법이 가장 좋다. 그러나 집에 통풍이 잘 되고 햇빛이 충분히 들어오는 장소가 있다면 모종 키우기를 권하고 싶다.

애호박과 같은 덩굴성 호박을 키울 때는 보통 순지르기 라고 부르는 곁순을 잘라준다. 큰 줄기에서 뻗어 나오는 줄기의 개수를 줄여주거나 생장점이 있는 새순을 잘라주는 작업이다. 꽃이나 열매가 지나치게 많으면 영양분이 분산되어 호박이 제대로 자라지 못한다. 가끔 방임하듯 키울 때도 있지만 다른 작물을 덮거나 덩굴로 감아버리는 등 다른 텃밭에까지 피해를 줄 수 있어 잎과 줄기를 잘라주는 작업이 꼭 필요하다.

언젠가 풍성하게 자란 호박잎과 줄기를 보고 잘 자라주어 고마운 마음에 잎 하나 잘라내는 게 아까웠던 적이 있었다. 그래서 다음 주에 잘라내자 하고 그대로 두었더니 보란 듯이 옆 텃밭에까지 뻗어나가 있어 매우 죄송했던 경험이 있다. 공동으로 사용하는 농장이니 내 밭만 살필 것이 아니라 다른 텃밭까지 생각하고 배려할 줄 아는 마음을 지니고 있어야 한다. 그날 이후, 텃밭 사이에 높은 지지대를 세우고 덩굴식물이 타고 올라갈 수 있는 망을 설치해 옆으로 퍼지는 것을 막고 위로 잘 자랄 수 있도록 잡아주고 있다.

유독 호박을 키우면서 백과사전을 흥미진진하게 읽던 어릴 적 나로 돌아갔던 것 같다. 호박은 애호박, 일반 단호박, 오렌지단호박, 풋호박, 늙은호박, 주키니(돼지호박), 국수호박 등 다양한 식용 호박부터 관상용 호박까지 이름도 모양도 각양각색이다. 처음으로 꼭지를 톡 잘라 수확했던 애호박은 이름처럼 '덜 여문 어린 호박'이 아니었다. 수확 시기를 한참 지나버려 더 이상 자랄 수 있을까 싶을 정도로 커진 씨앗이 가득 찬 어른 호박이었다. 그럼에도 맛있게 먹을 수 있었던 건 애정으로 키운 첫 애호박이었기에 가능했다. 애호박은 워낙 빨리 자라기 때문에 차라리 조금 작더라도 적기에 수확해야 나와 같은 낭패를 겪지 않는다.

냄비에 올려 쪄 먹으면 입안에서 단맛이 살살 녹는 단호박은 간식으로 달고 산 덕분에 호박을 키우자 정했을 때 첫 번째로 키웠다. 단호박 잎은 굉장히 큰데, 손끝에 온 힘을 주고 쫙 펼친 손바닥의 다섯 배 크기다. 그 신기함에 매주 잎에 손을 대고 사진을 찍어 기록하곤 했다.

국수호박은 종묘상에 방문했다가 신기한 마음에 사가지고 왔다. 국수라는 이름은 수확 후 반으로 갈라 속의 씨앗을 제거하고 끓는 물에 삶으면 속살이 국수 면발처럼 풀려 나온다고 해서 붙여졌다고 한다. 모험 삼아 집에서 직접 모종을 키웠는데 다행히 죽지 않고 잘 자라주어 밭에 정식하고 수확까지 할 수 있었다. 냉면을 좋아하는 나는 여름의 별미로 면 대신 가느다란 형태로 풀려 나온 국수호박 속살을 넣어 먹곤 한다. 이 맛 또한 기가 막히다.

독특한 호박을 키우고 싶다면 주키니를 추천하고 싶다. 돼지호박이라고도 불리는 주키니. 매우 낯선 채소라고 생각되지만 짬뽕 국물에 들어 있는 호박을 생각하면 된다. 주키니는 일반 호박과 자라는 형태부터 다르다. 특히 노란 주키니는 그 특유의 노란 색상이 요리를 더 먹음직스럽게 만드는 역할을 한다. 참고로 초록 주키니나 노란 주키니나 맛의 차이는 없다. 내가 처음 주키니를 키운다고 하자 의아해하시는 주변 분도 계셨다. 호박 중에서도 매우 저렴한 호박인데 굳이 왜 품을 들여 고생이냐는 말이다. 그러나 나에게 채소 재배는 취미이자 삶의 활력소다. 그리고 우리 가족에게 건강한 먹거리를 먹이고 싶은 마음, 나만의 채소라는 특별한 의미가 있기에 이 정도 품은 아무런 문제도 되지 않는다.

덩굴식물은 호박 이외에도 오이, 여주, 수세미 등 우리와 친숙한 작물들이 많다. 그런 이유로 이것저것 사 모으다 보면 넓지 않은 텃밭에 다양한 덩굴 채소를 동시에 키울 때가 많은데 어느 순간 자기들끼리 얽히고설킨 채 자라버린다. 처음 농사를 시작하는 농부들은 이 광경을 보면 '과연 꽃은 피우고 열매는 맺힐 수 있을까?' 하는 염려를 할 것이다. 그러나 지레짐작하여 걱정할 필요가 없다고 단단히 말해두고 싶다. 끊임없는 관심으로 끈기 있게 지켜봐주면 그 속에서도 꽃이 피었다 지고 싱싱하게 자란 열매가 기다리고 있다.

호박의 덩굴을 마주할 때마다 드는 생각이 있다. 나의 삶과 참 많이도 닮았다는 생각…. 고작 인생 시계의 오후 3시를 지나고 있지만 살아보니 그랬다. 노력하고 노력해도 안 되던 날들, 나의 재능을 왜 아무도 알아주는 이가 없을까 하고 원망하던 날

들이 있었다. 내가 좋아하고 잘할 수 있는 일이 바로 눈앞에 있는데 다가설 기회조차 주어지지 않아 절망하고 숨죽여 눈물 흘린 날도 많았다. 자연에서 받은 기쁨을 나누고자 이 책을 썼지만 때마다 있었던 고민과 슬픔도 함께 기록했다. 나처럼 구불구불한 인생의 길을 넘고 있을 분들에게 힘을 드리고 싶었다. 누군가에게는 빠르게 찾아오는 기회가 10년이란 시간을 굽이굽이 넘어서야 받는 사람도 있다는 걸 알려주고 싶었다. 인생의 출발선은 꼭 피 끓는 20대에게만 주어지는 것이 아니다. 나는 이제야 출발선을 찾았고 한발 내딛었다. 앞으로도 수없이 넘어지고 일어서기를 반복할 것이다. 내가 간절히 원하는 길이라면, 푸르고 싱싱한 열매를 맺는 날을 위해 심고 또 심는 노력을 포기하지 말자. "내가 만일 인생을 사랑한다면, 인생 또한 사랑을 되돌려준다는 것을 알게 될 것이다"라는 안톤 루빈시테인의 말처럼 인내하자. 시간의 차이는 있어도 결국 누구에게나 찬란한 인생의 열매를 마주할 때가 반드시 온다.

애호박 라이스롤

애호박 2개
현미밥 1공기
다진 양파 3큰술
방울토마토 5개
간장 1t
소금 약간
후춧가루 약간
쌈장 기호에 따라 적당량
현미유

1   애호박은 5~7mm 두께로 길고 얇게 슬라이스한다.

2   1의 양면에 현미유를 고루 발라 오븐에서 175도로 6~7분간 굽거나 팬에 구워준다.

3   달군 팬에 현미유를 살짝 두르고 다진 양파를 넣어 볶아준다.

4   방울토마토는 얇게 슬라이스한 후 달군 팬에 현미유를 두르고 앞뒤로 살짝 구워낸다.

5   현미밥이 따끈할 때 볶은 양파를 넣어 섞은 다음 간장, 소금, 후춧가루로 간을 한다.

6   2의 구운 애호박을 길게 펴고 위에 5의 현미밥을 올리고 돌돌 말아준다. 위에 쌈장을 살짝 올리고 구운 방울토마토를 하나씩 올려 완성한다.

애호박은 비타민 A, 비타민 C가 풍부해 위를 보호해주고 소화기 장애는 채소로, 매크로바이오틱에서는 음성의 채소이지만 열을 가하면 차가운 에너지를 잡을 수 있다.

새로운 세계, 오크라

이웃 블로그에서
난생 처음 오크라를 알게 되었다.

생김새가 독특해 기회가 된다면 키워봐야지 생각만 하던 차였
다. 마침 이웃 블로거의 씨앗 나눔 이벤트 덕분에 오크라 씨앗
을 얻게 되었다. 직접 키워서 받은 귀한 씨앗이라 아무래도 텃
밭에서 바로 파종하는 것보다는 집에서 모종을 만들어 정식하
는 편이 안전할 거라 생각이 됐다. 씨앗 하나당 하나의 모종으로
잘 키워내기 위해 작은 포트에 흙을 담고 씨앗을 올려 다시 흙으
로 살포시 덮어주었다. 때마침 히비스커스 로젤을 같이 발아시
켰는데 그만 두 씨앗 자리를 구분해놓는다는 걸 깜빡 잊어버렸
다. 공교롭게도 오크라 역시 히비스커스처럼 붉은 적오크라였

다. 뿌려둔 여러 개의 씨앗 중 단 하나가 일주일이 안 되어 떡잎을 보이더니 빨간 줄기가 올라오기 시작했다. 줄기부터 빨간색이라니 딱 내 취향이었다. 문제는 히비스커스인지, 오크라인지 모른 채로 텃밭에 옮겨 심었다는 점이었다. 얼마 지나지 않아 곧 무궁화를 닮은 아리따운 꽃이 피었다. 사진으로만 봤던 히비스커스 로젤이라 믿어 의심치 않았다. 선명한 빨간색에 취해 몇 날 며칠을 보며 감상했다. 히비스커스 로젤은 꽃이 피기 전, 꽃봉오리를 따야 차로 마실 수 있다는 사실조차 잊고 말이다. 그렇게 꽃이 지고 열매가 맺히고 나서야 오크라라는 것을 알게 되었다.

오크라 열매는 위를 향해 자라는데 그 모습이 여자 손가락과 닮았다고 해서 레이디핑크라고도 불린다. 열매가 줄기와 어찌나 단단하게 이어져 있는지 일반 가위로는 자르기가 쉽지 않았다. 오크라 열매 안에는 점질물이 있어 꼭지를 잘 잘라야 끈적임 없이 수확할 수 있다. 까다로운 수확에 너란 씨앗, 귀한 몸값만큼 밀당하는 열매구나 싶었다.

오크라는 열매의 씨앗을 커피 대용으로 마시면서 널리 퍼지기 시작했다고 한다. 팬에 씨앗을 볶아 곱게 가루를 내어 물에 타서 마시거나 커피처럼 내리면 진짜 커피의 맛이 난다고 한다. 벌써부터 그 맛이 궁금하다. 호기심이 발동했으니 올해는 수확해서 로스팅을 해볼 생각이다. 일본에서는 생으로 먹기도 하고 중동·지중해 지역에서는 수프나 스튜로 만들어 먹는다고 하는

새로운 도전을
두려워하지 마세요.

데, 오크라의 미끄덩한 점질물을 싫어하는 내게는 적당한 조리법이 아니다. 대신 오크라는 건강에 좋은 비타민 A, 비타민 D, 비타민 E, 비타민 K 등의 지용성 비타민이 풍부해서 나는 주로 식물성 기름에 살짝 볶아 밥에 올려 먹는다. 볶으면 특유의 점질물이 덜해 먹기에 부담스럽지 않고 부드러운 식감까지 맛볼 수 있다. 또 자른 단면이 별 모양이라 장식도 되고 먹기에도 부담이 없다. 본인에게 맞는 조리법부터 시작해서 섭취하면 된다.

오크라와 같이 생소한 채소를 키우면서 더 넓은 세계의 텃밭 농부들을 만나고 싶은 마음이 생겼다. 그래서 채소일지를 적는 블로그와는 별개로 인스타그램을 시작했다. 인스타그램엔 정말 많은 세계 곳곳의 도시농부들이 있었고, 비록 언어는 잘 통하지 않아도 채소를 키운다는 공통점 하나로 그들과 소통할 수 있었다. 그리고 이 소통은 내게 '텃밭 여행'이라는 새로운 목표를 심어주었다. 우리나라를 포함해 도시 속 텃밭, 도시농업이 발달한 나라의 도시를 여행하겠다는 목표다. 공부나 휴식을 위해 해외에 몇 번 다녀온 적이 있지만, 생각해보면 사계절이 아름다운 우리나라를 제대로 여행한 적이 없었다. 스스로 만든 테두리 안에 너무 갇혀 살았던 것 같다. 도시에서 텃밭으로, 이젠 전국 각지의 산지부터 한군데씩 떠오르는 대로 다녀보고 싶다. 내가 계획하고 있는 텃밭 여행은 이렇다. 전국 각지의 채소, 과일의 유명 산지를 찾아 재배하고 수확하는 과정을 체험하고 지역별 다양한 요리를 맛보며 오감을 만족시키는 여행! 오롯이 홀로 하는 여행이 되어도 좋고 뜻이 맞아 함께 나눌 수 있는 누군가가 곁에 있다면 함께하는 여행도 좋다. 그러자면 우선 올해는 장롱면허에서 벗어나야 한다. 우리나라 텃밭 여행이 끝나면 세계 텃밭 여행을 해보고 싶다. 벤저민 디즈레일리는 "훌륭한 여행가들이 흔히 그렇듯이 나는 내가 기억하는 것보다 많은 것을 보았고 또한 본 것보다 많은 것을 기억한다"라고 했다. 여행은 새로운 배움을 선사해주고 배움에는 끝이 없다. 고로 내 앞에는 무한한 보람과 성취감이 기다리고 있다는 이야기다.

오크라 볶음밥

오크라 3~4개
표고버섯 5개
양송이버섯 4개
당근 1/5개
대파 1/4개
양파 1/4개
소금 약간
후추 약간
올리브오일 약간
현미밥 1인분

1 오크라는 별 모양의 단면이 살도록 썬다.

2 표고버섯, 양송이버섯, 당근, 양파는 다져준다. 대파는 채 썬다.

3 달군 팬에 올리브오일을 두르고 오크라를 숨이 죽지 않도록 살짝 볶는다.

4 달군 팬에 오일을 두르고 대파를 살짝 볶다가 당근을 먼저 넣고 볶는다.

5 4에 양파, 양송이버섯, 표고버섯을 넣고 볶다가 현미밥을 넣고 골고루 볶아준다. 소금, 후추로 간 한다.

6 5를 그릇에 담고 3의 오크라를 얹어준다.

보랏빛 가지 꽃에 반하다

아삭한 식감만
좋아하는 나다.

그런 내가 별나게도 물컹한 식감을 지닌 가지는 매우 좋아한다. 그래서 매년 잊지 않고 키우는 작물이 가지다. 큼직한 국그릇에 따끈한 현미밥을 소복이 담고 그 위에 고소한 가지무침이나 가지볶음을 올리고 고추장 넣어 싹싹 비벼 먹으면 둘이 먹다 하나 죽어도 모르는 맛을 느낄 수 있다. 색만 봐도 싱그러움이 느껴지는 가지는 모종의 줄기부터 보라색, 열매를 맺기 위해 핀 꽃도 보라색이다. 텃밭을 가꾸는 즐거움 중 하나가 채소마다 보여주는 각양각색의 꽃을 마주하는 일이다. 자연이 입혀주는 저마다의 빛깔과 매력을 갖고 있는 채소의 꽃. 워낙 꽃을 좋아하는 나는 태어나 처음 보는 가지의 꽃에도 푹 빠지고 말았다.

그런데 가지 요 녀석이 자기에게 반한 나를 눈치채고 수확 내내 밀당의 진수를 보여주었다. 초여름에 가지 모종을 정식하고 시간이 흘러 수확 때가 되었는데, 내 밭엔 줄기 하나당 열매 하나만 대롱대롱 열려 있었다. '열매가 열렸으면 된 거 아닌가'라고 생각하신 분들이 계실 수 있겠다. 문제는 주변 텃밭엔 줄기 하나에서 여러 개의 탐스런 가지가 주렁주렁 풍성히 열렸고, 온통 보라 밭이었다는 점이다. 이유를 알 수 없었지만 내 텃밭의 가지들은 하나씩 열린 가지를 딸 때가 돼서야 다음 열매를 맺었다. 수확량이 영 신통치가 않아서 그만 키우자 했지만 신비로운 보랏빛 꽃이 자꾸 눈앞에 아른거려 손을 놓을 수 없었다. 그 마음으로 매년 키워나갔더니 어느 해인가부터 하나의 줄기에 주렁주렁 열린 풍성한 가지를 볼 수 있었다.

나의 식물 사랑, 꽃 사랑은 어릴 적부터 자연스레 키워온 듯하다. 소꿉놀이를 참 좋아하던 나는 유독 꽃과 풀 같은 자연 재료를 갖고 놀기를 재미있어했다. 보통 꽃 근처엔 벌들이 곧잘 날아다녀 피할 만도 했지만 꼭 화사한 꽃을 따서 소꿉놀이하곤 했다. 흙과 돌멩이, 나팔꽃, 맨드라미, 강아지풀, 사루비아, 분꽃, 진달래, 개나리 등 계절에 따라 지천으로 널린 다양한 꽃과 풀을 재료 삼아 놀았던 기억이 지금도 생생하다.

또 생각해보면 난을 좋아하시는 아빠의 모습을 곁에서 지켜보며 자란 탓인 것 같다. 어릴 적부터 지금까지 우리 집 안방과 거실에는 다양한 난이 자라고 있다. 꽃 피우기 어렵다는 난에서 꽃이 올라오는 날은 평소에 볼 수 없던 조금 들떠 계신 아빠의 모습을 볼 수 있었다. 아침, 저녁으로 어찌나 정성과 애정을 갖고 돌보시는지 나의 학창 시절부터 지금까지 변치 않는 사랑을 쏟아 붓고 계신다. 그런 아빠의 기질을 물려받아 햇볕이 짧은 내 방 창가에도 페페와 다육식물 몇 종류, 히야신스 하나가 몇 년째 건강하게 살아가고 있다. 특히 연중 1월에만 짧게 보여주는 히야신스의 화사함은 입꼬리가 귓가에 걸리게 만들어준다. 매년 창가에서 키우는 허브는 몇 달을 버티지 못하고 저 멀리 보내는 경우가 다반사지만 다시 도전하는 걸 잊지 않는다. 중국 속담처럼 '내일의 모든 꽃은 오늘의 씨앗에 근거한 것이다'라는 것을 알고 있기 때문이다.

특히나 마음이 힘든 날 마주하는 꽃은 내 삶에도 의미가 있다는 것을 일깨워주는 것만 같다. 혼자 감당하기에 벅찬 삶의 무게에 가슴이 답답하고 힘겨운 날, 누구에게도 털어놓고 싶지 않은 날이 가끔 찾아온다. 그런 날 마주하는 꽃은 내게 탄생의 아름다움과 새로움, 긍정의 의미를 가져다준다. 조용히 피어나 존재하는 그 자체가 소리 없는 응원으로 느껴진다.

단지 물만 주었을 뿐인데, 기쁨과 위안으로 보답해주니 꽃과 작물이 전해주는 힘은 실로 위대하다. 아빠가 왜 그리도 난을 정성껏 키우고 계시는지 지금에서야 마음으로 이해가 된다. 막내딸이라고 언니들보다 더 예뻐해주셔도 가끔은 난을 돌보는 시간에 우리를 더 챙겨주시지 하는 서운한 마음이 들고는 했다. 이제는 어떤 마음으로 가꾸어오셨을지 알아서 코끝이 찡해진다. 스스로 의식하지 못했을 뿐 예전부터 지금까지 나의 일상에는 식물이 항상 곁에 있었다. 계절에 따라 시시각각 자연이 선물해주는 아름답고 다채로운 작물의 꽃들은 내게 시간이 지날 수록, 한 살 한 살 더 먹을 수록, 점점 더 만만치 않은 세상살이를 견뎌낼 힘을 주는 것 같다.

길가에 핀 이름 없는
작은 풀 한 포기, 꽃 한 송이에도
나는 웃음 짓는다.

중국식 가지 볶음

가지 2개
튀김 가루 2T
대파 1/2개
마늘 2쪽
양파 1개
당근 1/4개
고추기름 1.5T
참기름 1t
튀김용 기름 적당량

양념
간장 2T
원당 1T
굴소스 1T
물전분(물과 전분의 비율은 1: 1)

1 가지는 듬성듬성 살짝 각이 지게 썰고 튀김 가루를 입힌다.

2 마늘은 편으로 썰고 대파는 세로로 길게 채 썬다.

3 당근과 양파는 5cm 길이로 채 썬다.

4 준비된 튀김용 기름에 1의 가지를 튀긴다.

5 달군 팬에 고추기름을 두르고 마늘, 대파를 먼저 볶아 향을 내준다.

6 5에 당근, 양파를 넣고 달달 볶다가 간장, 원당, 굴소스를 넣는다.

7 6에 튀긴 가지를 넣어 1분간 볶다가 물전분을 넣어 재빠르게 섞고 불을 끈다.

내 얼굴보다 커, 양배추

배추흰나비 애벌레의 무시무시한
먹성에 대해선 익히 알고 있었다.

농부인 내게 이 애벌레와의 조우는 예고된 만남이었다. 때는 양
배추를 재배할 때였다.

내가 텃밭을 시작한 이유 중 하나는 노지에서 채소를 키운
다는 일이 너무 낭만적이라고 생각했기 때문이다. 다음 문장부
터는 타샤 투더의 정원을 머릿속에 펼쳐야 한다. 귀여운 당근과
호박이 심겨진 수확을 기다리는 아기자기한 밭, 반짝반짝 빛나
는 은색의 작은 물 조리개에서 뿌려지는 물, 그에 반사되는 조
그마한 무지개… 짚으로 엮은 귀여운 바구니를 옆에 둔 채 노란
색 호미로 작물을 수확하고 있는 나, 그 옆에서 나를 엿보고 있

는 하얀색 토끼들…. 평화롭고 아리따운 이 광경이 내 머릿속의 텃밭이었다. 그러나 텃밭은 가히 현실이었다. 상상해본 적도 없는 온갖 비주얼의 벌레를 마주할 거라곤 상상도 못했다. 기껏해야 내 머릿속에서 미화된 이미지의 지렁이, 애벌레 정도였다. 토양에 도움이 되는 지렁이라지만 많아도 너무 많아 처음엔 정말 어찌할 바를 몰랐다. 다행히 이제 지렁이 정도는 모종삽을 이용해서 슬며시 흙으로 덮거나 한쪽으로 밀어낼 수 있다. 양배추의 커다란 잎사귀 사이사이를 차지하고 있는 애벌레는 여전히 고난이도 레벨이지만 준비해온 나무젓가락을 꽉 잡고 잡아낸다. 물론 "엄마야" 하는 소리를 내뱉으며 부들부들 식은땀을 흘리지만, '이 벌레를 놓치면 내 양배추가 너덜너덜해진다'라는 생각에 숨을 참고 감행한다.

무사히 애벌레를 피한 양배추를 수확하는 날은 감개가 무량하다. 용케 그 무시무시한 배추흰나비 애벌레를 피했다는 감격과 그 작고 작았던 씨앗이 내 얼굴보다 큰 크기로 자랐다는 감동이 크다. 요즘 아이들에게 최고 유행이 로보카폴리인 것처럼 나어릴 적엔 양배추 인형이 큰 인기를 끌었다. 양배추 인형의 인기는 아이들의 패션에까지 이어져 나도 양배추 인형이 그려진 새하얀 원피스를 갖고 있었다. 그 원피스를 입고 놀러 나갔던 무더운 여름 어느 날, 대낮부터 나가 저녁 시간이 지난 것도 모르고 밖에서 한참을 놀다 집으로 돌아갔는데 나를 찾으러 나서려던 엄마를 마당에서 마주쳤다. 그때 엄마는 걱정으로 애탄 마음을 꾀죄죄한 몰골을 한 내게 물 한 바가지를 뿌리는 것으로 표현하셨다. 그래서인지 지금도 양배추 인형과 양배추 원피스는 또렷이 기억에 남아 있다. 내성적인 아이가 왜 그렇게 밥도 거르며 놀기 좋아했는지 웃음이 날 정도다. 한번은 늦은 저녁 친구들과 자전거를 타고 이웃 동네까지 갔다가 길을 잃어버려 낯선 아저씨의 도움으로 무사히 집으로 돌아왔던 적도 있었다. 생각해보면 어릴 적부터 차분하고 어른스러웠던 남동생의 개구쟁이 몫까지 내가 다 짊어졌던 것 같다. 양손에 가득한 양배추를 안고 헤벌쭉 찍은 내 사진은 보고 또 보아도 흐뭇하다. 지금 거울에 비친 내 얼굴엔 어릴 적 개구쟁이 기질이 여전히 그려져 있다.

양배추 현미전

현미밥 250g
양배추 150g
부추 20g
연근 30g
소금 약간
현미유 1T
구운 김 약간

채식 마요네즈
두부 90g
현미유 1T
현미식초 1T
조청 1T
소금 약간

1 양배추는 채 썰고, 부추는 2~3cm 길이로 썬다.

2 양배추와 부추를 볼에 담고 소금을 뿌려 가볍게 버무린다.

3 연근은 강판에 간다.

4 2의 재료와 연근, 현미밥을 섞고 반죽 치대듯이 섞어 하나의 반죽으로 만든다.

5 달군 팬에 현미유를 두르고 4의 반죽을 떠 붓고 양면을 노릇하게 굽는다.

6 채식 마요네즈 재료를 모두 넣고 블렌더로 빠르게 섞는다.

7 구운 전 위에 마요네즈 소스를 올리고 구운 김을 뿌려준다.

초록 빛깔 부추

부추는 어린아이들은
잘 먹지 않는 채소다.

초록색이라면 질색해서일까, 아무래도 질긴 식감과 풀 맛은 어떻게 조리하든 아이들에게 호감을 사지는 못할 것 같다. 지금 내가 가지 다음으로 좋아하는 채소가 부추지만, 나 역시 어릴 적엔 한 번도 '부추는 맛있어'라고 생각했던 적은 없던 것 같다. 부추가 조금 다르게 느껴진 건 텃밭을 일구던 어느 날이었다. 언제나와 같이 청명한 하늘을 감상하다 무심코 부추를 봤다. 가느다란 몸으로 자신을 지탱하고 있는 부추를 보니 새삼 기특하게 느껴졌다. 바람 한 점에도 쉽게 흔들리지만 결코 꺾이지 않는 대견함. 그래서 내게 부추는 어른의 음식이다. 부추를 한 입 베어 물고 있으면 마치 나도 한 걸음 더 질겨진 느낌이 든다.

　수확 기간이 길고 쉽게 잘 자라는 부추는 우리 가족에게 늘 많은 양을 안겨준다. 부추는 재배할 때보다 수확 후에 더 많은 품이 든다. 한 번이라도 부추를 다듬어본 사람은 알 것이다. 부추 다듬기는 단순하지만 꽤 섬세한 손길이 필요하다. 지금은 이유조차 생각나지 않는 어떤 일 때문에 기분이 가라앉은 채로 일주일을 보냈던 주말이었다. 텃밭에 가보니 지난주에 수확했던 부추가 수확하기 알맞게 금세 자라있었다. 한 손에는 가위를, 다른 손으로는 부추를 한 움큼 잡아 쑹덩하고 잘라내었다. 텃밭에 걸터앉아 기운 떨어진 손놀림으로 연신 부추를 다듬고 있는데 때마침 어디선가 시원한 바람이 불어왔다. 살며시 눈을 감고 여름을 보내는 선선한 가을 바람을 음미했다. 한 주간 좀처럼 나아지지 않던 기분이 한결 가벼워지는 순간이었다. 그 순간 '아, 네가 자라는 동안 나도 자라났구나' 하는 마음이 들며 상처가 눈 녹듯이 사라졌다. 부추가 자란만큼 내 마음의 키도 자란 느낌이 들었다.

　이 나이쯤 되면 어떤 일에도 상처받지 않는 의연한 어른이 되어 있을 줄 알았다. 하지만 겉으로 내색하지 않는 법은 배웠을지 몰라도 상처받지 않는 법은 여전히 잘 모르겠다. 어쩌면 깊은 산속 동굴에나 들어가 평생 아무와도 말하지 않는 삶을 살아야만 가능한 일 같다. 그건 또 못할 짓이다. 그래서 지금은 상처는 받되 상처를 아물게 돕는 치유 방법에 더 집중하고 있다. 나만의 힐링 시간을 찾아가고 있는데, 그중 두 가지를 꼽아 본다. 하나는 말없이 생각 없이 '무념무상으로 걷기' 다른 하나는 '자연에 내 몸을 맡기기'다.

본래도 걷기를 좋아하는 나는 스트레스가 쌓일 때면 틈나는 대로 걷는다. 어떤 날은 정말 아무 생각 없이 멍하니 앞에 펼쳐진 풍경을 바라보며 걷고, 어느 날은 슬픈 노래를 들으며 깊이 가라앉은 감정을 끌어내 눈시울을 붉히며 걷기도 한다. 물론 신나는 노래를 흥얼흥얼 따라 부르며 걷기도 한다. 가끔은 누군가 보던 말던 신경 쓰지 않고 크게 소리 내어 부르고 싶은 날도 있다. 집에서 작업실 가는 길목에 올림픽공원이 있다. 덕분에 사계절 자연을 벗 삼아 늘 걸을 수 있다. 튼튼한 두 다리로 한걸음, 한걸음 가뿐히 내딛을 수 있음에 감사하다 보면 '이정도 문제는 별거 아니다'라고 떨쳐버리는 순간이 온다. 건강히 무탈하게 하루를 보내고, 일주일을 보내며, 1년을 보낼 수 있는 힘을 얻게 된다.

또 하나의 힐링 시간, 일주일에 한 번 방문하는 텃밭이 있다. 때때로 내 허리보다 높이 자라난 잡초를 뽑아야 할, 고된 노동의 시간도 있지만 보람차고 행복한 순간이다. 잡초와 힘겨루기를 하고 일주일 사이 훌쩍 자란 채소를 수확하고 물을 주고 나면 몇 시간이 훌쩍 지나간다. 그렇게 진한 땀을 쫙 흘리고 나면 수확한 채소를 다듬는 작업이 남았다. 보통 그 시간이면 저물어가는 해를 마주하게 된다. 비록 나의 손은 채소를 다듬느라 바삐 움직이지만 눈으로는 붉게 물든 아름다운 하늘을 마음껏 바라보는 여유를 부릴 수 있다. 때맞춰 흘린 땀을 식혀줄 바람까지 살랑살랑 불어오면 힐링의 정점을 찍는 순간이 된다. 땀으로 엉켜 붙은 머리카락이 바람결에 흔들릴 때, 살포시 지나가는 바람의 촉감은 굉장히 부드럽다. 상쾌함과 함께 전해지는 기분 좋은 부드러움이다.

자연 속에서
영혼의 자유로움을 만끽한다.

매콤한 부추 소스를 곁들인 채소 겉절이

로메인 상추 3장
청경채 2장
숙주나물 60g

부추 소스
부추 한줌
간장 3T
고춧가루 2T
참기름 1T

1 로메인 상추, 청경채는 먹기 좋은 한입 크기로 썰고, 숙주나물은 다듬는다.

2 썰어둔 로메인 상추는 물기를 빼두고, 청경채와 숙주나물은 끓는 물에 살짝 데쳐 찬물에 담갔다가 건져 물기를 뺀다.

3 부추는 깨끗하게 씻어 물기를 뺀 후 곱게 다진다.

4 볼에 간장, 고춧가루, 참기름, 부추를 함께 섞어 부추 소스를 준비한다.

5 준비된 채소에 부추 소스를 끼얹어 완성한다.

매크로바이오틱에서는 강한 향신료 사용을 지양하지만 일반인을 위해 고춧가루로 매콤한 맛을 살려보았다.

열정 예찬

....

태어나 처음으로
열정이란 게 무엇인지 알 것 같았다.

누구나 다 하는 사회생활이었지만, 계속 무언가 빠진 것 같다는
생각이 들었다. 결국 과감히 회사를 그만두고 진정으로 좋아하
는 일, 푸드 스타일링을 해보자고 결심했다.

포기하고 싶은 고비도 많았지만 무사히 그 시기를 견뎠고
지금 나는 내 이름을 걸고 당당히 일하고 있다. 처음 이 길을 시
작할 때는 유학을 갈까 많이 고민했다. 하지만 아무래도 국내에
서 과정을 수료해야 현장에서 바로 일할 기회가 오겠다 싶었다.
워낙 많은 학원이 있던 터라 학원을 고르는 일도 만만치 않았는
데, 규모보다는 현장에서 경험을 쌓는 기회가 많은 곳을 골랐다.

그때의 나는 내 인생에서 처음으로 빛을 뿜던 시기였다. 항상 초롱초롱한 빛나는 눈빛으로 수업을 들었다. 학창 시절엔 질문하거나 발표하는 일을 어렵게만 느끼던 내가 누구보다도 적극적으로 질문했다. 태어나 처음으로 하고 싶은 일을 찾았다는 행복감으로 푸드 스타일링에 미쳐 살았다. 어떤 것도 뚫을 수 있을 것만 같던 패기만만한 시간이었고, 앞으로의 시간을 그려보는 하루하루가 기대감으로 설레던 시간이었다. '이 분야의 최고가 되고 싶다'라는 이 생각 하나에 집중했다.

막상 푸드 스타일링 공부를 시작하니 이 길은 수료증 하나만으론 충분하지 않았다. 배우고 익혀야 할 분야가 너무나 방대했다. 하지만 조급해하지 말자고 스스로에게 되뇌이며 준비해야 할 과정들을 차근차근 시작했다. 먼저 스위스 세자르 리치 호텔 학교의 식품 조리법·식음료 서비스 과정을 수료했고, 스스무 요나구니 선생님께 세계 요리를 배웠다. 곧이어 테이블 스타일링, 푸드 스타일링, 플라워 디자인 레슨을 받기 시작했으며 선물 포장 자격증, 컬러리스트기사 등 필요하다고 판단한 분야는 하나씩 찾아가며 익혔다. 이 모든 것을 지원 없이 스스로 해야 했기에 줄어드는 통장의 잔고를 보며 급기야 아르바이트도 시작했다. 평일엔 학원에서 아이들을 지도했고 주말엔 꿈을 키웠다. 한 주가 어떻게 지나가는지 모를 정도였지만 마음만은 행복했다. 머릿속에 미래의 내 모습을 그릴 때면 두근두근 심장 뛰는 소리

가 귓가에 들렸다. 준비한 과정들을 모두 마칠 때쯤 어느 날 굉장히 유명하신 푸드 스타일리스트 선생님과 일할 기회가 찾아왔다. 문제는 한참 배우고 있던 학원을 그만둬야만 가능한 일이었다. 좋은 기회였지만 그때는 하고 있던 과정을 끝내야 한다고 생각했다. 지금도 후회는 없다. 하지만 일이 없던 시기엔 자꾸만 뒤를 돌아보게 되곤 했다. 심연 아래로 깊숙이 떨어졌다가도 다시 헤엄쳐 나올 수 있던 건 노력이 있다면 모든 장애물을 극복해낸다는 믿음이 있었기 때문이다. 나를 믿어주는 가족과 친구들, 내 안의 식지 않는 열정이 있었기에 가능했다.

부끄럼쟁이에 내성적이었던 나, 지금은 참 많이도 변했다. 내성적인 내가 변화할 수 있던 극적인 계기는 '꿈'이었다. 요리하는 그 자체가 좋아서 시작한 일. 이제는 요리와 스타일링을 넘어 직접 재배까지 하게 된 걸 보면 다행히 나와 잘 맞는 일인 것 같다. 결코 순탄하지 않은 과정이었지만 그 시간이 없었다면 이 자리에 나는 없었으리라. 학원에서 아이들을 가르친 경험이 없었다면 지금의 천연 발효빵 클래스를 운영할 수 있었을까. 부족했기 때문에 더 다양한 요리를 배웠고 경험을 쌓을 수 있었다. 굽이진 삶을 통해 클래스에 오시는 분들께 전해드릴 수 있는 이야기의 폭도 넓어졌다. 그래서 나는 지금의 내가 좋다. 지난 시간이 결코 헛되지 않음을 증명하는 지금의 나다.

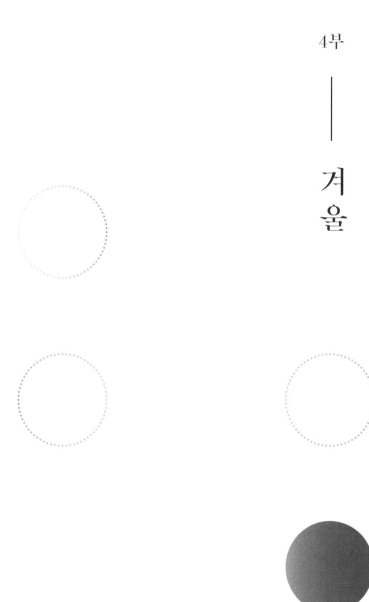

4부

겨울

비염에 좋은 작두콩

언제부터인가
병원에 갈 일이 잦아졌다.

환절기도 아닌데 수시로 감기에 걸리거나 비염으로 병원을 찾는
일은 여간 불편한 일이 아니다. 더군다나 나는 초기에 잡지 않으
면 증상의 범위가 넓어지는 타입이다. 한 번 나타난 비염은 완전
히 잡지 않으면 만성화된다기에 태어나 처음으로 내 돈을 써서
한약을 짓게 되었다. 비싼 가격에 눈물이 났지만 6개월간 약을
빼놓지 않고 먹었다. 다행히 전보다 훨씬 나아진 증상에 감사하
게 되었다. 하지만 처방보다 중요한 것이 예방! 나쁜 습관을 피
하는 것이 중요하기에 비염을 부르는 습관을 찾아봤더니 문제는
식습관이었다. 사람마다 비염의 원인, 증상의 차이가 있는데 나

같은 경우는 되도록이면 육식을 하지 않아야 했다. 비염은 보통 장과 관련이 있어 몸을 따뜻하게 하고 면역력을 높일 수 있는 음식을 섭취하면 좋다. 먹는 것을 좋아하는 내가 할 수 있는 최선책은 내 몸에 맞지 않는 음식의 횟수는 줄이고 대신 비염에 좋은 식품을 자주 골고루 섭취하는 것이었다.

여러 방법을 찾았는데, 비염에 작두콩차가 좋다고 했다. 평소 차를 좋아하는 내게 안성맞춤이었다. 이름도 생소했던 작두콩은 종종 엄마가 콩밥을 하실 때면 간간이 들어 있던 콩이었다. 작두날같이 생겨 작두콩이라 불리는 이 콩은 덩굴성 한해살이 작물이다. 3월에 씨앗으로 시작하거나 모종을 정식하면 10월쯤 수확이 가능하다. 강낭콩의 2~3배 크기를 갖고 있으며, 다른 콩들이 3~4개월 후에 수확이 가능한 데 비하면 수확 시기가 늦은 편이다.

그러던 어느 날 텃밭 아저씨가 새로운 채소를 권해주신 것이 우연찮게도 작두콩이었다. 그 주에 바로 백작두콩과 적작두콩 두 종류의 모종을 사서 정식했다. 덩굴을 뻗으며 자라는 작물이라 만들어둔 지지대를 타고 쭉쭉 자라 올라왔다. 두 작두콩은 은은한 자색의 꽃을 보여주었다. 꽃이 피고 진 자리에 콩꼬투리가 자리를 잡았다. 알이 크니 당연히 보통 꼬투리보다는 크겠지 생각하고 있었지만, 막상 수확을 앞둔 콩꼬투리는 예상을 뛰어넘는 어마어마한 크기를 자랑했다. 작두콩을 처음 본 사람들은 모두 나처럼 놀라지 않을까. 크기에 놀라긴 했지만 작두콩은 아무 문제없이 건강히 잘 자라주었다. 작두콩을 키우기 전에 완두콩을 두어 번 시도했는데 일이 바쁘다는 이유로 여름에 물을 자주 주지 못했더니 바짝 말라버리고 말았다. 자주 물을 주는 것이 중요한 콩은 매일 텃밭에 가지 못하는 내가 키우긴 쉽지 않은 채소구나 했는데, 그동안의 실패에 보답이라도 해주는듯 성공했으니 자신감이 상승했다. 작은 모종 하나에서 나온 수확량도 생각보다 많았다. 작두콩차를 만들어 마시기도 하지만 작두콩을 듬뿍 올린 작두콩밥은 보슬보슬한 그 맛이 밥맛을 더욱 돋워준다.

건강한 몸에서
건강한 정신이 나온다.

작두콩 차

작두콩 적당량

1 작두콩을 깨끗이 씻고 콩꼬투리 그대로 일정한 굵기로 썬다.

2 식품건조기를 이용해서 1/3 정도 건조시킨다.

3 나머지 2/3는 햇빛을 이용해서 바짝 말려준다.

4 살짝 달군 팬에 바짝 말린 작두콩을 두 번 정도 덖어 풍미
   를 살려준다.

손수 키운 쪽파 맛을 아시나요

나는 지금도 만화책을
사서 볼 정도로 좋아한다.

초등학생 때부터 시작된 나의 만화 사랑은 언니들의 영향이 크다. 내가 이렇게 말하면 언니들의 표정이 안 봐도 눈에 선하다. '우리가 시킨 게 아니고 네가 스스로 찾아서 본 거잖아.' 하나 고백하자면 내가 고등학생이던 시절, 너는 공부해야 한다고 만화책을 보여주지 않으면 언니가 잠든 틈을 타서 몰래 꼭 읽고 자곤 했다. 가까운 동네 책대여점에 보고 싶은 책이 없으면 운동한다는 핑계로 멀리 있던 책대여점까지 가서 빌려왔다. 대학생이 되어서는 동네 책대여점에서 아르바이트하며 보고픈 만화책을 원 없이 보기도 했다.

한때는 로맨스 만화를 최고로 생각했지만 이제는 요리와 관련된 만화를 즐겨본다. 학생 때는 빠듯한 용돈에 대여해서 볼 수밖에 없었지만 사회생활을 시작하면서 두고 보아도 좋을 책은 꼭 소장한다. 수많은 책 중에서 내가 가장 아끼는 만화책이 있다. 바로 《현미 선생의 도시락》이다. 꽤 굵은 선의 그림체라서 내가 좋아하는 스타일이 아니었지만 워낙 알찬 내용에 1권부터 흠뻑 빠져들었고 마지막 권이 나올 때까지 발행되는 날만 기다렸던 만화책이다. 큐니키다 대학 농학부의 신임 강사 유키 겐마이와 농학부 학생들, 그리고 주변 이웃들의 이야기다. 먹는 기쁨을 전하는 것을 업으로 삼는 신임 강사 유케 겐마이는 현미 선생이라는 별명을 가지고 갓 딴 채소를 수확하는 기쁨과 건강한 요리 레시피를 전파한다. 제자들은 물론 마을 사람들과의 따뜻한 에피소드도 이어진다. 비록 구수한 냄새가 풍기는 괴짜 남자 주인공이지만 내가 닮고 싶은 점이 많다. 나는 식품영양학을 전공했지만 말 그대로 학문이었을 뿐이다. 늘 재배에 대한 전문적이면서도 살아 있는 지식을 습득하고 싶었다. 이 책을 보며 본격적인 채소 공부를 해야겠다고 결심했고, 한국방송통신대학교 농학과에 진학했다. 현재는 잠시 쉬고 있지만 곧 못 다한 공부를 이어가려 한다. 지긋한 나이가 되면 나는 강단에 서서 작물 재배에 대한 열띤 강의를 하고 있을까? 꿈은 마음껏 그려 볼 수 있으니까 상상만으로도 기분이 좋아진다. 그렇게 만화 속 현미 선생을 나로 그려보던 시기에 새로운 채소를 찾아 헤매는 병이 도졌다. 올해가 가기 전에 심어볼 게 뭐가 있을까 찾아보니 쪽파가 기다리고 있었다. 곧바로 둘째 언니가 좋아하는 쪽파김치가 떠올랐다. 언니와 달리 나는 이때까지만 해도 쪽파 본연의 맛을 즐길 줄 몰랐다. 밥상 위에 자주 올라오는 쪽파김치엔 거의 손도 대지 않았고 해물파전을 먹어도 쪽파보다는 해물을 더 좋아하던 나였다. 마침 쪽파를 키우기에 알맞은 여름의 끝자락이었고 텃밭 아저씨 덕분에 맛이 좋다는 제주산 쪽파부터 키워보게 되었다.

쪽파는 씨앗을 심지 않는다. 대신 마늘처럼 생긴 씨쪽파를 심는다. 씨쪽파는 뾰족한 부분을 가위로 바짝 잘라내고 머리 부분이 위로 향하게 하여 2~3센티미터 정도로 야트막하게 심어준다. 그리고 흙이 마르지 않도록 틈나는 대로 물을 준다. 이 단순한 과정의 두 달을 보내면 건강한 쪽파를 수확할 수 있다. 편식하는 어린아이도 자기가 직접 요리하면 맛있게 잘 먹는 것처럼 갓 수확한 쪽파로 만든 해물파전과 쪽파김치엔 반하지 않을 수 없었다. 이제는 밥상에 올라오면 제일 먼저 손이 가는 쪽파김치, 쪽파의 그 알싸한 맛을 즐긴다.

해물 쪽파전

쪽파 1/2단
오징어 1마리
칵테일 새우 10개
당근 1/2개
부침 가루 1컵
물 1컵
계란 1개
식용유 적당량

1 부침 가루를 물에 풀어 멍울이 없도록 푼다. 바로 사용해도 되지만 냉장고에 넣어 30분 정도 휴지시키면 더 바삭한 식감의 전이 완성된다.

2 쪽파는 깨끗이 씻어서 적당한 길이로 썬다.

3 당근은 쪽파와 길이를 맞추어 채 썬다.

4 오징어는 손질을 해서 두툼하게 썰고, 칵테일새우는 물에 살짝 헹구고 물기를 빼둔다.

5 1의 부침 가루에 계란을 풀어 섞어주고 모든 재료를 섞는다.

6 달군 팬에 식용유를 두르고 노릇하게 부친다.

알싸한 맛, 돌산갓

어릴 적부터 고집이 세서
혼난 적이 많았다.

하지만 학교에서는 신기하게도 혼나는 일 없이 말 잘 듣는 아이로 살았던 것 같다. 그러나 사회생활, 첫 직장은 달랐다. 입사 후 몇 달은 지옥 같다는 표현을 할 정도로 힘들었다. 실수투성이에 잘 모르는 것들이 한 가득이었다. 배우는 과정이니 당연하다 생각하고 다시 노력하면 되는데 그때는 훌훌 털어버리지 못했다. 상사의 말 한마디가 비수로 꽂혀 화장실 변기에 앉아 우는 날이 많았고 아침에 눈뜨기조차 싫은 날도 많았다. 그 시간을 버틸 수 있던 건 곁에서 함께해준 동기들 덕분이다. 부끄러움이 많은 성격이라 말로 표현해본 적은 없지만 이 지면을 빌어 고맙고 또

234

고마웠다고 전하고 싶다. 동기들과 회사 밖에서 함께한 시간은 많지 않다. 단지 한 건물에서 일하고 있다는 동질감이 힘이 되었고, 흘려들었다고 생각한 위로의 말들은 아침을 마주할 수 있게 하는 힘이 되어주었다. 퇴근 길, 이대로 헤어지기 섭섭해 종종 저녁을 먹고 가던 밥집. 정말이지 엄마가 차려주시는 것 같던 소소하지만 맛깔나던 반찬 몇 가지와 김치, 공기에 정성스레 담겨 있던 밥, 따스했던 한 상을 잊지 못하겠다. 하루를 마무리하며 밥 한 공기를 나누던 그 시간이 그리워 눈물이 난다. 무척이나 힘들었지만 내 곁을 지켜준 소중한 인연, 동기들. 이제는 각자의 삶을 사느라 바빠 자주 볼 수 없지만 우리는 아직도 영원한 오뚜기 동기들이다. 다들 서로의 인생을 마음으로 응원하고 있겠지. 앞으로 펼쳐질 삶에도 웃을 날과 울 날은 번갈아 올 것이다. 그 순간마다 수호천사 같은, 마음을 나눌 동지가 있었으면 좋겠다. 가까운 주변 사람일 수도 있지만 때론 잠시 스쳐 지나가는 누군가일 수도 있다.

천연 발효빵 클래스를 통해 많은 분들을 만나게 된다. 소규모 클래스인 덕분에 한 달 과정을 진행하다 보면 서로 정이 듬뿍 든다. 베이킹을 배우기 위해 모였지만 때때로 진솔한 삶의 이야기도 나눈다. 그때마다 힘이 나고 마음에 위안이 된다고 말씀해주시면 강사로서 큰 보람을 느낀다. 사람의 말에 영혼이 담겨 있다는 표현을 실감하는 요즘이다. 나의 말 한마디가 슬픔을 위

누군가의 이야기에
마음의 귀를 기울여보자.

로와 희망, 웃음으로 바꿀 수 있다고 생각하니 더 마음을 담아 말하련다.

요즘 한참 빠져 있는 돌산 갓김치, 그 맛이 인생의 맛과 비슷하다는 생각이 든다. 고민거리가 있거나 스트레스가 심한 날은 특유의 향과 함께 매콤하고 알싸한 돌산 갓김치가 당긴다. 갓김치 한 접시와 따뜻한 밥만 있으면 그 맛에 빠져 잠시 다른 생각은 잊어버린다. 알싸한 인생의 고비를 매콤함에 버무려 화끈하게 소화시키자. 쓴 맛도 꿀꺽 삼켜버리니 언제 내가 그런 일이 있었나 싶을 정도로 시간의 흐름과 함께 그 감정도 흐려진다. 또 누군가의 위로와 격려를 받고 다시 힘을 얻으며 그렇게 살아간다.

제대로 된 돌산 갓김치의 맛을 본 것은 직접 텃밭에서 키우고 부터다. 온라인 텃밭 카페에서 나눠 받은 돌산갓 씨앗을 배추와 무를 정식하며 빈자리를 채워주는 의미로 뿌렸다. 돌산갓은 모종으로 판매하지 않아 간만에 떡잎이 올라오는 과정을 지켜보는 재미가 있었다.

파종 후에는 떡잎이 건강하게 올라오도록 한랭사로 보호해주고 이엠 발효액을 만들어 물과 함께 꾸준히 뿌려주었다. 이엠 발효액은 자연 본래의 소생력을 최대한 이끌어내는 데 도움을 주고, 진딧물 방제에도 효과가 좋다. 나는 이엠 발효액을 직접 만들어 사용한다. 이엠 원액과 쌀뜨물, 설탕이나 당밀, 그리고 소금을 섞어주면 완성된다. 이것저것 신경을 써주었더니 돌산갓은 한랭사를 뚫을 기세로 튼튼하고 병충해 없이 건강히 깨끗하게 자랐다.

아쉽게도 첫 수확한 돌산갓은 수확 시기를 놓치고 말았다. 그러다 보니 생김새가 흡사 키가 큰 근대나 청경채 같았다. 돌산 갓의 본래 일반 배추보다 1.5배 정도 큰 크기로 자란다. 너무 많이 자란 돌산갓으로 어찌어찌 김치를 담궜다. 배추김치와 비슷한 맛이겠지 했는데 잘 익은 돌산 갓김치는 먹자마자 특유의 톡 쏘는 맛과 특별한 향이 어우러진 최고의 맛을 안겨주었다. 왜 이제야 돌산 갓김치의 맛을 알았을까. 아무도 모르는 곳에 숨겨두었다가 혼자만 몰래 꺼내 먹고 싶은 그런 맛이다.

돌산 갓김치

돌산갓 2단
소금 적당량
쪽파 2단

양념 재료
찹쌀 풀 3컵(보통 김치에 넣는 찹쌀 풀보다
묽게)
다진 생강 4T
다진 마늘 1/2컵
멸치액젓 1.5컵
고춧가루 5컵
매실 액 1/2컵

1 깨끗이 씻은 돌산갓을 소금에 절인다. 1년 이상 간수를 뺀 소금을 사용하면 김치의 풍미가 더해진다.

2 쪽파는 자르지 않고 그대로 씻거나 쫑쫑 썰어서 물기를 빼둔다.

3 양념 재료를 모두 섞어준다.

4 절인 후 물기 뺀 돌산갓과 쪽파에 양념을 고루 바른다.

탐내지 마세요, 김장무

나는 고등학교 때까지
마당이 있는 주택에서 살았다.

우리 집 마당 구석에는 오랜 세월을 버텨온 커다란 나무 두 그루가 자리를 지키고 있었다. 여름에는 시원한 바람과 그늘을 만들어주었고 겨울에는 집안으로 들어오는 강한 바람을 막아주는 든든한 나무였다. 이 두 그루의 나무는 나의 유년 기억 속에서 아직도 굳건히 서 있다. 쓸데없는 똥고집을 피우다 속옷 차림으로 마당에 서서 벌서던 자리, 키 크겠다고 이른 아침마다 운동했던 자리, 평소보다 과식한 저녁밥을 소화시키기 위해 언니들과 밤하늘을 보며 줄넘기했던 자리, 하얀 눈을 소금 삼아 소금 장수 놀이에 심취했던 자리, 초등학생에게 붉은 노을을 감상하는 법을 알려주었던 자리다. 그해 학교 글짓기대회에서 노을을 소재로 쓴 글로 상을 받기도 했다. 아, 가끔 나뭇가지를 타고 쪼르르 도망가는 다람쥐 녀석의 꽁무니를 만나는 재미도 쏠쏠했다.

매년 김장 철이 오면 아빠는 나무 아래에 큰 구멍을 파시고는 갓 담근 김치와 동치미를 담은 장독을 묻어두셨다. 김장하는 날이면 나는 어김없이 그 주변을 서성였다. 소금에 막 절여낸 짭짤한 배추와 무를 한입 받아먹는 재미에 신이 났고, 1년에 한 번 보는 김장 과정이 신기해 유심히 바라보곤 했다. 김치 맛을 알아서가 아니라 무언가 받아먹는 재미에 흠뻑 빠졌던 것 같다. 어느 김장 날엔 누군가 손에 쥐어준 무를 맛있게 먹다가 덜렁거리던 이가 빠져 입 안 가득 무를 물고 엉엉 울었던 사건도 있다. 요즘은 치과에 가서 이를 뽑지만 그 당시만 해도 가정에서 직접 뽑았다. 내 이는 언제나 아빠가 뽑아주셨는데 흔들거리는 이에 실을 걸어 '팍' 하고 당기는 순간은 늘 떨렸다. 생각해보니 자연스레 빠지게 한 무에게 감사해야 할 것 같다.

먹기 좋을 만큼 알맞게 익으면 살얼음이 동동 뜬 차가운 동치미가 상 위에 올라왔다. 밤새 눈이 내린 다음날, 엄마는 쌓인 눈 더미와 함께 덮어둔 흙을 치우시고 무거운 장독의 뚜껑을 열어 한쪽에 뒤집어 두셨다. 그리고 무 하나를 꺼내고 커다란 국자로 동치미 국물을 그릇에 담아내셨다. 아직도 생생히 기억하고 있는 걸 보면 내게는 재미난 놀이처럼 보였나 보다. 만약 내가 아직도 그 집에서 살고 있다면 내 눈은 여전히 엄마의 곁을 떠나지 않고 있겠지. 하루 빨리 전원주택으로 이사해 직접 키운 무로 동치미를 담그고, 부모님이 하셨던 것처럼 땅속에 묻어두고 싶다. 그리고 알맞게 익으면 땅속에서 퍼 올려야지. 맛있게 드실 엄마, 아빠를 위해 소박하지만 풍성하고 맛있는 밥상을 차리고 있었으면 좋겠다.

김장무는 8월에서 9월 사이에 파종하거나 모종으로 정식해 김장을 앞둔 11월에 수확한다. 나는 수십 종류의 무 중 강호무와 정상무를 애용하며 본문에서는 통칭 김장무라고 표현하겠다. 무를 키울 땐 뿌리가 차올라 종종 흙 위로 드러나기 때문에 볼 때마다 주위의 흙을 잘 덮어줘야 한다. 또 빛을 받으면 연두색이 되므로 잊지 말고 햇빛을 차단해줘야 한다. 수확 후 바로 그 자리에서 물에 한 번 씻어내 아싹 베어 물면 아삭함과 달콤함이 남다르다. 알싸한 특유의 맛과 함께 오는 달콤함은 시중에서 무를 생으로 먹었을 때와는 천지 차이다. 유난히 주변에서 탐을 내는 채소이기도 해서 수확물의 삼분의 일은 나누어 주고 있다.

김장무는 병충해 피해를 크게 받지 않아 키우기 쉽다. 성장 초기에만 충분히 물을 주면 건강하게 자라 수확의 기쁨을 배로 안겨준다. 또 버릴 것 하나 없는 기특한 채소이기도 하다. 땅속의 무가 알차게 자라는 동안 땅 위의 잎은 솎아내어 국거리로 사용하고 수확 후에는 익히 알고 있는 김장 속재료나 동치미, 무

장아찌로 만든다. 또 햇빛과 건조기로 무청을 말려서 시래기로 만들거나 여의치 않으면 수확 후 바로 삶아서 한 번에 먹을 양만큼 소포장해 냉동실에 보관한다. 그러면 나중에 하나씩 꺼내어 된장무침, 된장국에 바로 넣어 먹을 수 있다. 추운 겨울날 최고의 별미 반찬이다.

참, 무를 이용한 반찬 중에 무말랭이무침을 빼놓을 수 없다. 워낙 무말랭이를 좋아해 수확 후엔 꼭 꼬들꼬들 무말랭이를 만들어놓고, 먹고 싶을 때마다 무침을 만들어 먹는다. 시중에서 판매되는 무말랭이와는 비교가 되지 않는 맛이다. 건새우와 함께 무말랭이를 볶으면 크게 간을 하지 않아도 새우의 짠 맛과 무말랭이의 단맛이 어우러진 최고의 반찬이 된다. 또 여름에 갓 수확한 고춧잎과 함께 무쳐먹는 고춧잎 무말랭이무침은 그 맛이기가 막히다. 밥 두 그릇은 뚝딱 해치울 수 있는 맛이다. 올해도 알맞게 말려 냉동실에 넣어둔 무말랭이는 내년에 만날 고춧잎을 기다리고 있다.

언젠가는 꼭 마당이 있는 전원주택에서
가족과 함께 살고 싶다.

말린 채소 김밥

무말랭이
당근 2/3개
오이 1개
말린 표고버섯 6장
현미밥 2공기
김밥용 김 2장
참기름
소금
간장
통깨 약간

1 무는 최대한 가늘게 채 썰어 하루가량 말린다.

2 당근은 6cm 길이로 곱게 채 썰어 3~4시간 정도 말린다.

3 오이는 6cm 길이로 어슷하게 썰어 4~5시간 정도 말린다.

4 말린 표고버섯은 물에 불린 다음 물기를 꼭 짠 후 곱게 채 썰어 간장으로 간을 하고 통깨를 살짝 뿌려준다.

5 달군 팬에 참기름을 살짝 두르고 무, 당근, 오이 순으로 볶으면서 소금으로 간 하고 통깨를 살짝 뿌려준다.

6 김 위에 현미밥을 적당량 올리고 4, 5의 재료를 얹어 돌돌 말아준다.

무와 오이는 음성의 채소이나 햇빛에 말리는 과정을 통해 차가운 에너지를 잡아준다. 당근은 양성의 기운이 강해 무, 오이와 잘 어울리는 재료이다.

따스한 마음의 기운, 배추

첫 배추를 수확한 날은
감동의 도가니였다.

나는 "우와"를 외쳐대며 경이로운 이 순간을 사진으로 남기기
위해 다양한 각도에서 연신 카메라를 찍어댔다. 최고의 하루란
말이 딱 어울리는 날이었다. 넷째 언니와 남동생의 표정도 나를
들뜨게 하는 데 한몫했다. 평소 감정을 잘 드러내지 않던 그들의
얼굴에 흐뭇한 표정이 걸려 있는 게 아닌가.

배추는 8월에 씨앗을 뿌리거나 8월 말에서 9월 초 사이에
정식해 11월에 수확한다. 손바닥만 한 모종이 두세 달만 지나면
성큼 자라 양팔로 안아야 하는 배추 한 포기로 변신한다. 수확
철 배추의 묵직함이 안겨다 주는 기쁨과 우리가 배추를 키워냈

다는 뿌듯함은 그 어떤 감동과도 바꿀 수 없다. 배추 수확 날은 내게 어느 때보다도 특별한 날이었다. 이 모종이 저 모종인 것 같아 매번 묻고 또 묻던 나였다. 차곡차곡 경험이 쌓이더니 이제는 제법 씨앗이나 모종의 생김새로 수확할 채소를 대번에 떠올릴 줄도 알고 김장할 배추까지 수확하는 순간이 온 것이다. 감회가 남다르다 보니 텃밭 열정을 다시금 활활 불태우게 만드는 전환점이 되는 날이었다.

나는 초보 농부들의 마음을 너무 잘 안다. 막상 하고 싶어 시작했지만 첫해에는 어디서 씨앗을 구해야 하는지, 모종은 어떻게 정식해야 잘 자라는지, 파종하고 수확하는 시기는 언제인지, 풍성한 수확을 위해서는 어떤 일을 해줘야 하는지 등 알고 있는 지식이 하나도 없었다. 아무것도 모르던 왕초보 시절 죽이고 키우기를 반복하며 채소일지를 써나갔다. 그리고 지금 그 실수 연발의 경험을 통해 제대로 키우는 방법을 터득해나가고 있다.

초보인 내가 배추를 수확하고, 직접 키운 배추로 겨울 식탁까지 책임질 김장까지 하게 되었다는 말은 내게 말로 표현할 수 없는 뿌듯함과 텃밭의 묘미를 톡톡히 느끼게 해준다. 마치 큰 어른이 된 느낌이랄까. 배추를 키우기 위해 텃밭을 가꾼다고 할 정도다.

두 번째 배추를 재배할 때는 병충해 피해를 막기 위해 한랭사를 씌우고 시간이 허락하는 틈틈이 물을 주기 위해 농장에 달

가족이 있어
지금의 내가 존재한다.

려갈 정도로 정성을 쏟아 부었다. 배추 재배는 배추가 원하는 만큼 물을 주었느냐에 따라 결과가 달라지는데, 특히 배추의 결구가 형성되는 시기에는 일생 중 가장 많은 물을 필요로 하기에 더욱 물주는 데 신경을 썼다. 나의 정성을 알아준 것인지 덕분에 속이 꽉차고 맛난 배추를 수확할 수 있었다. 그러나 인생은 새옹지마라더니, 세 번째 배추 재배 때는 말로만 들었던 배추벌레의 피해를 눈으로 확인하게 되었다. 뿌려줬던 물이 부족했는지 속도 차지 않아 형편없는 상태였다. 그제야 정신이 번쩍 들었다. 배추는 나의 끊임없는 관심과 애정을 기다리고 있었던 거였다.

직접 키운 무와 생강, 마늘을 넣고 버무려낸 배춧속을 절인 배추 사이사이에 쓱쓱 바르듯이 얹어주는 과정. 나는 김장의 시간이 행복하다. 시간은 물론 엄청난 노동력을 요하는 김장을 하다 보면 '윽, 체력이 달려'란 말이 절로 튀어나온다. 내년에는 양을 줄이자 하지만 막상 배추를 파종할 때면 넉넉하게 심고 만다. 나는 키우는 즐거움에 빠져 잊어버리고 가족들은 맛있는 배추의 맛을 잊지 못해 수고로움을 잊는다. 온 가족이 한자리에 모이는 것도 힘든 바쁜 일상 속에서 함께 무언가를 하며 대화 나눌 수 있는 뜻 깊은 시간을 가져다주기 때문일까. 우리 육 남매가 모두 시집, 장가간 후에도 쭉 함께할 수 있는 소통의 시간이 되리란 기대도 해본다.

이번 배추 수확에는 다섯 살배기 조카를 데리고 갔다. 수확한 배추를 다듬어 한쪽에 쌓아두고 있는데 조카가 꼼지락 꼼지락 뭔가를 하고 있었다. 살짝 가서 보니 작은 배추 잎을 주어다가 배추를 뽑아낸 구멍에 채워 넣고 있었다. 자기 딴엔 배추 심기에 심취해 있던 것 같다. 하는 행동이 어찌나 귀엽던지 웃음이 절로 나왔다. 이런 행복감에 아이를 키우나 싶다. 내 반대편에 서 있던 언니에게 준비해간 김장 봉투를 가져달라 했더니 배추 심기에 열심이던 조카가 용케도 그 말을 알아듣고 언니보다 먼저 봉투를 집어서 가져다주었다. 아이들이 크는 건 정말 금방이구나 싶어 다시 올 수 없는 이 순간의 소중함을 깨닫는 날이었다. 만날 때마다 달라지는 조카의 성장에 내가 다 뿌듯하고 뭉클하다. 막내 이모 품을 떠나는 날까지 종종 농장에 데려오려고 한다. 도시에서 살아가는 아이에게 자연 체험을 할 수 있는 시간을 만들어주고 싶고, 내가 형제들과 함께했던 지나온 시간처럼 과거부터 지금까지 삶을 더 윤택하게 만들어주는 따뜻한 추억을 만들어주고 싶다. 조카는 분명 우리와 함께했던 시간을 전부 기억하지는 못할 것이다. 다만 이 시간이 쌓이고 쌓여 지금의 우리 형제에게 남은 것처럼, 따스한 기운으로 남아 있었으면 하는 바람이다.

배추 납작보리 수프

납작보리 40g
맛국물 3컵
배추 150g
소금 1T
다진 파슬리 또는 파슬리 가루 약간

맛국물
물 3컵
표고버섯 3개
다시마(5×5 사이즈) 1장을 함께 우린다.

1 납작보리는 깨끗이 씻어둔다.
  (납작보리는 물의 흡수력과 퍼짐성이 좋아 미리 불릴 필요가 없다)

2 배추는 보리 크기에 맞추어 다지듯이 자른다

3 압력솥에 1과 2, 맛국물과 소금을 넣고 함께 끓인다.

4 보리가 익으면 소금으로 간하고 다진 파슬리 또는 파슬리 가루를 뿌려준다.

지각보리이며 풍부한 영양소를 가진 배추와 식물섬유가 풍부한 납작보리는 잘 어울리는 식재료다.

말린 허브

스스무 요나구니 선생님께
세계 요리를 배우면서

허브 요리가 무엇인지 알게 되었고, 식재료로도 활용할 수 있게
되었다. 나는 해마다 텃밭의 허브 품종을 하나둘씩 늘리고 있다.
햇빛이 부족한 우리 집에서는 허브 죽이는 일이 다반사지만 노
지에서의 허브는 상상 이상으로 잘 자라기 때문이다. 그래서 주
말농장이나 마당, 옥상에서 채소를 키우는 분께는 적극적으로
권해드리고 싶다. 씨앗부터 심기가 걱정이 된다면 모종부터 시
작해도 좋다. 나는 주로 관상용보다는 요리, 베이킹, 차의 재료
로 사용할 수 있는 식용 허브를 키운다. 바질, 로즈마리, 파슬리,
오레가노, 애플민트, 페퍼민트, 라벤더, 스테비아, 한련화, 레몬

버베나 등이다.

언니들이 시집가기 전까지 나는 부모님과 네 명의 언니, 한 명의 남동생, 나까지 포함해 여덟 명의 대가족으로 살았다. 덕분에 우리 가족은 모두 손이 크다. 무엇을 해도 한 솥 가득이다. 부연 설명을 하자면 곰국 끓이는 냄비에 가깝다고 할 수 있는데, 내가 아주 어릴 적부터 기억하는 그 큰 냄비를 아직도 사용하신다. 엄마 말씀에 따르면 내가 태어나기 전부터 부엌에 있었다 하니 나보다 훨씬 더 긴 세월을 살아온 셈이다. 매일같이 새벽에 일어나셔서 여덟 식구의 아침을 준비해주시던 엄마의 정성과 손길이 닿아 있는 냄비. 지나온 세월을 여실히 드러내는, 여기저기 흠집과 아무리 닦아도 지워지지 않는 자국들이 정겹다. 넘치기 직전의 양인데도 우리 식구가 모두 모여 한 끼 식사를 마치면 금방 바닥을 드러내는 신기한 솥이다. 그런 내게 1~2인분의 양은 소꿉장난이라서 무언가를 만들 때면 늘 손이 커진다. 빵을 굽거나 쿠키를 구울 때도 예외가 아니어서 하나를 준비하다 보면 전해주고 싶은 사람들의 얼굴이 하나 둘씩 떠오르고, 결국 몇 배의 양으로 늘어난다. 주로 부담 없이 먹을 수 있어 선물용으로 좋은 파운드케이크, 브라우니, 쿠키를 자주 굽게 되는데 이때 여름에 수확해서 잘 말려둔 허브를 이용해 구우면 고급 베이커리 못지 않는 맛을 볼 수 있다. 잘 말린 허브는 생 허브보다 다소 색이 옅지만 향은 더 진해져 소량만 넣어도 허브 향을 마음껏 즐길 수 있다.

앞에서도 말한 바 있지만 두루 활용하기 좋은 허브는 민트 종류로 페퍼민트를 추천한다. 평소 손발이 차서 일주일에 두세 번씩 하루에 짧게는 30분에서 길게는 1시간 정도 족욕을 하곤 하는데, 이때 넣으면 혈액순환은 물론 기분까지 좋아지는 효과가 있다. 여름에는 언제든지 수확할 수 있는 페퍼민트지만 겨울엔 바짝 말려 유리병에 넣어둔다. 보관할 때 곰팡이가 생기지 않도록 쓸만큼만 꺼내 쓰고 단단히 밀봉해두는 것이 포인트다. 시중에 판매되는 제품보다 시원한 느낌은 덜하지만 인위적이지 않아 기분은 더 상쾌하다. 말려둔 잎 그대로 우리면 시원한 향의 허브티가 완성되고 구수한 맛을 더하고 싶다면 팬에 살짝 덖어 우리면 고유의 맛과 향이 살아 있는 나만의 홈메이드 차가 완성된다.

허브 채식 마들렌

우리밀 통밀가루 60g
아몬드 가루 20g
베이킹파우더 1g
말린 로즈마리 혹은 바질 2g
두유 80g
현미유 25g
원당 20g
소금 3g
레몬즙 5g

1 통밀가루, 아몬드 가루, 베이킹파우더, 말린 허브를 잘 섞은 후 체에 한 번 내려둔다.

2 두유와 레몬즙, 현미유를 넣어 잘 섞어준다. 소금과 원당을 넣고 녹을 때까지 거품기로 섞는다.

3 2에 1을 넣고 부드럽게 섞어준다.

4 준비된 틀에 반죽을 담고, 오븐에서 175도로 20~25분간 구워준다.

한 해의 마무리는 또 다른 시작

양파와 마늘을 정식하고 나니
비로소 겨울이구나 싶다.

텃밭에 서면 시린 코끝과 차갑게 식어가는 손, 땅속에서 올라오
는 서늘한 겨울의 기운을 온몸으로 느끼게 된다. 마음은 아직 겨
울을 맞이할 준비가 안 되었는데 몸은 지나온 겨울을 빨리도 기
억해내고 어서 집에 가자고 반응한다. 겨울의 시작이다. 양파와
마늘 자리에 작은 비닐하우스를 만들어주고 돌아서는 길, 내년
에 다시 만날 텐데 뭐가 그리 아쉬운지 발길이 쉬이 떨어지지 않
는다. 한 해 농사가 마무리되었다는 생각에 지난 1년의 기록이
머릿속을 빠르게 스쳐 지나간다. 겨울 내내 외로움을 견뎌야 할
텃밭이 나를 붙잡고 놓아주지 않는다. 그럼 나는 '잠시만 기다려

쥐. 곧 노곤해진 몸과 마음을 단단히 충전하고 열정 채워서 돌아올게'하고 속삭인다.

내가 완연한 봄을 기다리며 겨우내 준비하는 작업이 있다. 한 해에 키울 채소의 목록과 키울 자리를 정하는 일이다. 거창하게 표현하면 '작물 배치도'를 그린다고 말하겠다. 작은 규모의 텃밭을 더 효율적으로 사용하기 위한 나름의 노력이다. 우선 먼지 없이 말끔하게 정리된 책상 위에 새하얀 종이 하나를 펼친다. 한 손에는 30센티미터 자를 쥐고 다른 한 손에는 뾰족하게 깎은 연필을 잡고 가로가 긴 직사각형 텃밭부터 그려나간다. 그리고 그 속을 채소 이름으로 빼곡히 채워나간다. 정들어 다시 만나는 채소도 있고 새로이 만나는 채소까지 다양한 이름으로 가득 찬다. 시 한 편을 읽어 내리듯 채소 이름을 하나씩 읊조리며 슬며시 풍성한 수확을 기대한다. 투박한 그릇에 소복이 담아 특별한 듯 보이지만 누구나 손쉽게 만들 수 있는 요리를 머릿속에 그려본다.

작년에 키웠는데 별 소득이 없었던 채소는 빼고, 입맛에 맞거나 빠른 수확이 가능했던 채소는 여러 번 수확할 계획을 세운다. 매년 다시 맞이하는 봄은 늘 설렘으로 다가온다. 이 두근두근대는 행복한 시간이 쭉 이어졌으면 좋겠다.

언젠가는 꼭 전원주택에서 가족과 함께 살고 싶다. 사계절 싱그러운 채소와 허브로 채운 텃밭을 가꾸고 색색의 꽃도 키우며 살고 싶다. 마당엔 커다란 화덕을 만들어 건강하고 맛있는 천연 발효빵을 구울 생각이다. 좋아하는 일을 찾은 지금도 이루고 싶은 꿈이 많은 나다. 어릴 적부터 배우고 싶었던 악기, 또 그림이 좋아 미대생을 꿈꿨던 기억을 되살려 요즘엔 해금과 민화를 배우고 있다. 열심히 익혀서 꿈꾸던 전원주택에 살게 되면 가족들과 지인들을 위한 작은 음악회도 열고 그림 전시회도 열고 싶다. 그런 날이 곧 오리라 믿는다. 이룰 꿈도 참 많다. 그러나 무엇보다 주어진 것에 만족하는 겸손한 마음을 잃지 않는 나로 살아가려 노력할 것이다.

"무엇이라도 꿈을 꿀 수 있다면
그것을 실행하는 것 역시 가능하다."
— 월트 디즈니

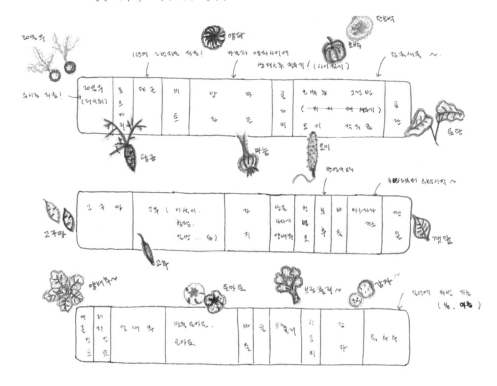

작물 배치도

요리하는 도시농부

1판 1쇄 발행 2016년 11월 7일

지은이 박선홍
발행인 오영진 김진갑
발행처 나무의철학

책임편집 이은영
기획편집 임나리 심설아 곽지희 함초롬
디자인총괄 안윤민
마케팅 박시현 홍태형 신하은
경영지원 주효경

출판등록 2006년 1월 11일 제313-2006-15호
주소 서울시 마포구 월드컵북로5가길 12 서교빌딩 2층
전화 02-332-3310 팩스 02-332-7741
홈페이지 www.tornadobook.co.kr

ISBN 979-11-5851-054-1 03810

이 도서의 국립중앙도서관 출판예정도서목록(CIP)은 서지정보유통지원시스템 홈페이지(http://seoji.nl.go.
kr)와 국가자료공동목록시스템(http://www.nl.go.kr/kolisnet)에서 이용하실 수 있습니다.
(CIP제어번호: CIP2016024203)